くまクマ熊ベアー 1

くまなの

PASH!文庫

1　クマさん、装備ゲットだぜ！

待ちに待ったアップデートの日がやってきた。

世界初ＶＲＭＭＯ（ヴァーチャル・リアリティ・マッシブリー・マルチプレイヤー・オンライン）、ファンタジーＲＰＧ。

多種族、多種職業、多種スキル、幅広く遊べるゲーム。

発売されて一年、本日大型アップデートがやってくる。

わたしも引きこもりを始めて3年が過ぎ15歳になる。

そして、一年前に出合ったのがこのゲーム。ワールド・ファンタジー・オンラインだ。

現実感覚でファンタジーが味わえるゲーム。

それから、やり始めて一年間、学校にも行かずにゲーム三昧だ。

睡眠？　睡眠は8時間とっているよ。

だって眠いもん。

一に睡眠、2に美味しいもの、3にゲームかな。

学校？

そんなのバカが行くところでしょう。

この世には株という名の錬金術がある。

お金をつぎ込むだけでどんどん増えていく。

あんなの簡単なゲームみたいなものだ。

情報さえ集めればどんどんお金も集まってくる。

そう親に言ったら「学校は友達を作る場所だ」とか言いだした。

友達？　なにそれ美味しいの？

あまりにも親がうるさかったので、株で稼いだ一億円を渡したら黙り、家に帰らなくなった。

一億円で遊んでいるのだろう。

なくなったらタカリに来ると思うので、お爺ちゃんの伝手（つて）を頼って、高級マンションに引っ越すことにした。

これで、両親も簡単に、わたしに会いに来ることはできない。

15歳だけど、お金もあるし、料理もできる。一人暮らししてもなにも問題はない。

そもそも、両親はあまり家にいなかったので、元々一人暮らしみたいなものだった。

洗濯はクリーニングに出せばＯＫ。

今日も今日とて一人でゲームを始める。

メンテも明けアップデートが終わる。

一秒も遅れまいとメンテ明けと同時にゲームにログインする。

「お帰りなさいませ、ユナ様。アップデート情報はお聞きになりますか」

インするとメイドの姿をした女性がゲームの案内をしてくれる。

初期プレイの設定のとき、男性執事か女性メイドのどちらかを選ぶことができる案内役のNPC（ノン・プレイヤー・キャラクター）は、迷うことなく、可愛いメイドを選んだ。

「必要ないよ。早く始めて」

「分かりました。それではアップデートキャンペーンを開始します」

「そんなのがあるの？」

「一年間のゲームプレイ総時間によってプレゼントアイテムがございます」

「本当！」

プレイ時間なら、誰にも負けない。

伊達に引きこもりはしていない。

「ではこのプレゼントボックスから好きなものをお選びください」

メイドがそう言うと、目の前に無数の宝箱が現れる。

見渡す限り、宝箱、宝箱、宝箱。その数は数え切れないほどだ。

「この中から選ぶの？」

「はい、お好きなものをお選びください」

選べって言われてもこの数は……。

無限に広がる部屋に、無限に散らばる宝箱。

悩んでも仕方ないのでメイドの足元にある宝箱を選ぶことにする。

宝箱を手にすると他の宝箱が全て消えてしまう。

もう、選びなおすことはできないらしい。

宝箱を開けると……。

「なんじゃこれは――――」

アイテム名：クマセット
　右手：黒クマの手袋（譲渡不可）
　左手：白クマの手袋（譲渡不可）
　右足：黒クマの靴（譲渡不可）
　左足：白クマの靴（譲渡不可）
　服：黒白クマの服（譲渡不可）

早くゲームを開始したいけど、バカげた景品のせいで思考が止まる。

引きこもりで友達がいないわたしでも、流石(さすが)にこんなの可愛(かわい)いクマの格好はできない。

譲渡もできないとはアイテムボックスの肥やしになってもらうしかないかな。
でも、一応効果は確認しておこう。

黒クマの手袋
攻撃の手袋、使い手のレベルによって威力アップ。

白クマの手袋
防御の手袋、使い手のレベルによって防御力アップ。

黒クマの靴・白クマの靴
使い手のレベルによって速度アップ。
使い手のレベルによって長時間歩いても疲れない。

黒白クマの服
見た目着ぐるみ。リバーシブル機能あり。
表：黒クマの服
使い手のレベルによって物理、魔法の耐性がアップ。
耐熱、耐寒機能つき。

裏：白クマの服

着ていると体力、魔力が自動回復する。

回復量、回復速度は使い手のレベルによって変わる。

耐熱、耐寒機能つき。

なに、このチート能力は。レベルが現段階でカンストしているわたしが使えば無敵すぎる。

だが、こんな着ぐるみみたいなものを装備する勇気がない。

でも、能力は勿体(もったい)ない。

「うーん」

恥ずかしさを我慢して強さを取るか、悩みどころだ。

「ユナ様、どうしましたか？」

「なんでもないよ」

まあ、今すぐ装備しないといけないわけじゃないから、あとでゆっくり考えよう。

「それじゃ、ゲームを始めて」

「申し訳ありませんが、最後にアンケートがあります」

「そんなのがあるの？」

「申し訳ありません、長時間プレイしたお客様限定のアンケートです」

「ありがとうございます。ワールド・ファンタジー・オンラインは現実より楽しいですか?」

「もちろん、楽しいよ。現実なんてつまらないよ」

「現実世界に大事な人はいますか?」

「そんなのいないよ」

親は金の亡者だし、学校なんて行ってないから友達もいない。

「現実世界に親友はいますか?」

「いないよ。イヤな質問ばかりね」

「現実世界に大事なものはありますか?」

メイドはわたしの言葉には答えず、さらに質問が続く。

「お金かな?」

「仕方ないね」

………………

……………

……………

………

……

…

　質問が続いていく。

　いったいいくつあるのよ。

「神を信じますか」

「宗教？　もちろん、信じないよ。信じられるのは自分の力だけよ」

「では最後に、クマの装備は可愛いと思いますか」

「可愛いと思うよ。装備したいとは思わないけど」

「分かりました。アンケートにお答えいただきありがとうございました」

　メイドがそう言うと部屋が眩（まぶ）しいほど光りだす。

「では新しい世界をお楽しみください」

2　クマさん、少女と出会う

目を開けてみた。

マイホームじゃなかった（ゲームにログインするといつもはマイホームに転送される）。

知らない森の中だった。

装備がクマだった。

両手、両足、着ている服。

先ほどのキャンペーンでもらったクマの装備一式だ。

いきなり装備されているとか。

着てみると意外と肌触り（ざわ）がいい。

手を見ると、クマの手袋はパペットのようだ。

口をパクパクしてみる。

意外と可愛い。

周りを見回すが誰もいない。

とりあえず、この恥ずかしい格好を見られないうちに着替えよう。

装備の変更はマイホームじゃないとできない。

アイテムボックスから転移アイテムを出そうとするがアイテムボックスが開かない。

バグ？

面倒だけど、一度ログアウトしてから、再ログインするか。


「なんで……」

ログアウト画面が出ない。

仕方ない、少ないフレンド登録からフレンドを呼び出そうとするが画面は出ない。

とりあえず、現状把握をするために、マップ画面を開く。

「あれ？」

マップ画面も出てこない。

「ちょっと、どうなってるのよ」

ステータス画面を出す。

これは出た。

名前：ユナ
年齢：15歳
レベル：1

スキル：異世界言語、異世界文字

装備
右手：黒クマの手袋（譲渡不可）
左手：白クマの手袋（譲渡不可）
右足：黒クマの靴（譲渡不可）
左足：白クマの靴（譲渡不可）
服：黒白クマの服（譲渡不可）

「ど、どうなっているの！」

アップデートのミスか。

わたしが一年間育ててきたキャラがレベル1になっている。運営にクレームのメールを出さないといけない。

どうにか、運営に連絡を取ろうとしていると、チロリーンと音が鳴る。

メールの着信音だ。

運営からごめんなさいメールか、そう思ってメール画面を呼び出そうとするが出てこない。

「どうやって読めと」

そう思ったら、目の前にメール画面が開いた。

差出人：神様

ユナちゃんおめでとう。

アンケートの結果、君は当選しました。

パチパチパチパチ（拍手）。

君がいる場所はゲームの世界ではありません。

わたしが管理する世界です。

つまり、異世界です。

君にはわたしが管理する異世界で暮らしてもらうことになりました。

もちろん、裸一貫で始めるのは可哀想（かわいそう）なのでクマ一式をプレゼントしました。

他にもプレゼントがあるから頑張って探してね。

「新しいイベントかな」

とりあえず分からないので他のプレイヤーを探すことにする。

異世界なんてどこの小説の二番煎（ばんせん）じの話だよ。

そんなの現実に起きるわけないじゃん。

どこの妄想癖の変態よ。

問題は現在の位置が分からないことだ。

レベルも1だし、こんなところを魔物に襲われたら死んじゃうし。

死んだら、マイホームに戻れるのかな？

とりあえず、森を出よう。

でも、流石(さすが)に武器がないのは困る。

あるのは、パクパクと口が開くクマの手袋だけ。

周りを見回しながら森を歩いていると、ちょうどよい長さの木の棒が落ちている。拾って、クマの口に咥(くわ)えさせる。

「武器の代わりになるかな？」

手ぶらよりましなので持っていくことにする。

勇者がひのきの棒を装備している気分だ。

木の武器を持ちながら、クマの格好で歩いているとウルフが現れた。

ウルフは初期の街の近くに現れる、初心者用の狼型の魔物だ。

とりあえずウルフのステータス画面を確認しようとするが画面が出てこない。

ウルフだって個体によってレベルは異なる。

弱ければいいけど、現在自分の持っている武器は木の棒だから倒せるか微妙だ。

せめてもの救いは一匹ってことだろう。

木の棒を剣のように構える。ウルフがまっすぐ走って飛びかかってくる。

いつも、ゲームでやっているようにひょいっと横に避け、木の棒をウルフの横っ腹に叩きつける。

本来持っていた剣だったら一刀両断だろう。

ウルフは〝キャイン〟と鳴き声を上げると動かなくなってしまった。

予想外なことに一撃で倒してしまった。

もしかしてこれって、勇者のひのきの棒なのか？

まあ、冗談はおいておいて。

棒を天高く掲げてみる。

……あれ？

ウルフを見るが変化がない。

倒したのにアイテムに変化しない。

魔物は死ぬと消えてアイテムを落とす。

ウルフなら肉とか毛皮、運がよければ魔石とかを落とすのだが、このウルフは消えない。

木の棒でつっつくが動かない。間違いなく死んでいるはずだ。

先ほどのメールが現実味を帯びてくる。

本当に異世界？

とりあえず、ここから離れよう。
ウルフの死骸の臭いを嗅ぎつけて他の魔物がやってくるかもしれない。
流石にウルフを現実で解体する技術は持っていない。
ゲームや小説みたいにはできそうもない。

ウルフを倒してからしばらく歩くが、森を抜け出せない。
「お腹すいた～」
アイテムボックスも開けないから食料も取り出せない。
いや、ゲームじゃなかったら食料が入っていない可能性も高い。
早く人を見つけないと魔物に殺される前に飢え死にしてしまう。
森の中で長い距離歩いているのにあまり疲労感がない。
このクマの靴のおかげだろうか。
恥ずかしいが便利な靴だ。
「誰か、助けて……」
人の声だ。
危険かとも思ったが初めての人の声だ。危険を承知で声がしたほうへ向かう。
走ると少し開けた場所に出る。
小さな女の子が倒れている。そこに3匹のウルフが襲いかかろうとしている。

女の子は腰が抜けているのか立ち上がれそうにない。

わたしは走りながら地面に転がっている野球ボールほどの石を3つ拾う。

黒クマの口にしっかり咥えさせる。

こちらに注意を向けさせるために石を思いっきり投げる。投げる。投げる。

「あれ？」

石はウルフに当たった。

3匹のウルフは血飛沫をまき散らして倒れた。

命中するとは思わなかった。

このクマ装備、命中補正でもあるのかな。

クマの口をパクパクさせてみる。


とりあえず、ウルフは倒したようなので女の子に近づく。

「大丈夫？」

黒髪の10歳ぐらいの女の子に声をかける。

そんなキャラ、選択できなかったはずだからNPCだろう。

「……あ、ありがとうございます？」

女の子はジッとわたしを見てから、我に返るとお礼を言う。

「なんで、疑問形？」

「わたしを食べますか？」

「食べないよ」

「クマさんですか？」

自分の格好を思い出す。

頭に被っている、可愛らしいクマのパーカ部分をとる。

「これで大丈夫？」

「あ、はい」

女の子のステータス画面を呼び出してみようとするがステータス画面は出てこない。

NPCでもなにかしら情報が出るはずなのに出ないとなると、バグか、本当に異世界なのか。

ウルフの血みどろの死骸を見ると異世界のほうが現実味を帯びてくる。

とりあえず、少女に話を聞くことにしよう。

「あなた一人？」

「あ、はい、お母さんが病気で薬草を探しに来たんです」

「あなたみたいな小さな女の子が」

「お金がないんです。だから、街では薬草が買えなくて森に採りに来たんです。そしたらウルフに襲われて」

「てことは近くに街があるの？」

うん、いい情報ゲット。

「お姉ちゃんは他の街から来たんですか？」

「うん。それで、ちょっと道に迷っちゃってね。だから、街まで案内してくれない？」

「はい」

わたしが歩きだそうとすると、

「お姉ちゃん、このウルフこのままにするの？」

「そのつもりだけど。こんなの持って帰れないし」

「勿体（もったい）ないよ。ウルフの毛皮も肉も売れるし、魔石も安いけど売れるよ。解体すれば持ち運べると思うよ」

「わたし、解体なんてできないから無理」

「お姉ちゃんがよければ、わたしが解体するけど」

「解体できるの？」

その言葉に女の子は頷（うなず）く。

「じゃ、お願い。ウルフの売れた金額は折半でどうかな。わたしも助かるし」

「いいの？」

「いいよ」

少女は小さなナイフを取り出すと、ウルフを器用に解体していく。

「上手いわね」

「うん、たまに仕事でするから」

ほどなく3匹のウルフは少女の手によって、毛皮、肉、魔石と綺麗に解体された。

荷物は2人で分けて運ぶ。

アイテムボックスがないのは辛いな。

ゲームなら触るだけでアイテム回収できるのに。

「街は近いの？」

「近いよ。だから、薬草採りに来たんだけど」

「それで、薬草は見つかったの？」

「うん、見つけたよ。けど、帰るときにウルフに襲われて」

その現場に、わたしが出くわしたわけか。

「それじゃ、行こうか……」

名前を呼ぼうとして、まだ聞いていなかったことに気づいた。でも、そのことを察した少女のほうから名前を教えてくれた。

「フィナです」

「わたしはユナ。それじゃフィナ、行こうか」

しばらく歩くと森を抜け、遠くに城壁が見えてくる。

おお、意外と大きい。

遠くからでも城壁の高さが分かる。

あれなら、魔物に襲われることはないだろう。

街に着くまでの間、フィナにいろいろ聞くことができた。

やはりこの世界は、わたしが知っているゲームの世界ではないようだ。

廃人プレイヤーのわたしが知っている街が一つもなかった。

アップデートによってできた新しい大陸って可能性もあるけど、話を聞くたびにゲームではない可能性が増えていく。

街に行けばなにかしら情報があるだろう。

プレイヤーが1人もいなければ異世界だと認めるしかない。

街に入るには住民カードやギルドカードが必要になるらしい。

わたしが持っていないと言うと、フィナが「ギルドカードは冒険者ギルドでもらえるよ」と教えてくれた。

でも、街に入るには銀貨一枚と、犯罪の有無を調べられるらしい。

わたしは来たばかりだし、犯罪を起こしたことはないから、大丈夫なはず。

とりあえず、街の入り口まで距離があるのでステータスを確認する。

あれ、レベルが上がっている。

名前：ユナ
年齢：15歳
レベル：3
スキル：異世界言語、異世界文字、クマの異次元ボックス

装備
右手：黒クマの手袋（譲渡不可）
左手：白クマの手袋（譲渡不可）
右足：黒クマの靴（譲渡不可）
左足：白クマの靴（譲渡不可）
服：黒白クマの服（譲渡不可）

おや？
スキルも増えている。
説明文を読む。

クマの異次元ボックス
白クマの口は無限に広がる空間。どんなものも入れる（食べる）ことができる。
ただし、生きているものは入れる（食べる）ことができない。
入れている間は時間が止まる。
異次元ボックスに入れたものは、いつでも取り出すことができる。

ゲームのシステムにあったアイテムボックスをゲットしたみたい。
ゲームのアイテムボックスも食材を長時間入れても腐らなかったし。
そう考えるとやっぱりゲームの中なのかな？
でも、その機能がクマについているって。
「ん？」
アイテムボックスも空っぽかと思ったら、お金が入っているみたいだ。
あと紙が一枚入っていた。
白クマの口から紙を取り出して読んでみる。

君が現実世界で大切にしていた
お金を持ってきてあげたよ。
もちろん、あちらのお金は使えないから

こちらのお金に両替しておいてあげたよ。

神様

それはありがたいけど。
これで、この場所が「ゲーム」から「異世界」側へとまた天秤が傾いたことになる。
でも、もし本当にここが異世界ならば、このお金は助かる。
いくら入っているか確認したら、とんでもない金額が入っていた。
これって、異世界でも一生引きこもれるんじゃない？
とりあえず、街に行ってから考えよう。

3　クマさん、ウルフを買い取りしてもらう

門の前まで来ると門兵が待ち構えていた。
視線はまっすぐにわたしを見ている。
そこで思い出す自分の格好を。
『くま、クマ、熊、ベアー』
書き方、言い方を替えても内容は同じ。
怪しいが怖くはないはずだ。
フィナは「可愛い」って言ってくれたし。
わたし自身も可愛くて恥ずかしいぐらいだ。
フィナぐらいの年齢の子が着ると可愛いだろう。
わたしみたいな引きこもりには似合わないけど。
だからといってあんなに見なくてもいいだろうに。
「そっちの嬢ちゃんは、薬草を探しに行った子だったな。薬草は見つかったかい」
「はい」

フィナは嬉しそうに微笑む。

「それはよかった。約束を守って森の奥には行かなかったようだね。奥には魔物がいるからな」

その言葉にフィナは苦笑いをする。

「それで、その変な格好した嬢ちゃんはなんなんだ」

「気にしないでもらえると助かります」

「まあ、着る服なんて人それぞれだしな。とりあえず、入るなら身分証を見せてくれ」

フィナは住民カードを門兵に見せている。

「わたしはこの街の住人じゃないけど、お金を払えば入れるって聞いたよ」

クマの口をパクパクさせてみる。

「身分証を……」

門兵は一言だけ口を開く。

わたしにはそんなものはない。

「ないけど、入るのには銀貨一枚払えばいいんだよね」

「なにもないのか？　どこの街の住民カードでもいいぞ」

「カードがない場所で暮らしていたので」

フィナと来る間に考えた嘘を次から次へと並べていく。

「そうなのか、なら、税金として銀貨一枚と犯罪経歴を調べさせてもらっている」

わたしは前もって白クマの口から取り出していた銀貨一枚を黒クマに咥(くわ)えさせて門兵に渡す。

「それじゃ、こっちの部屋に来てくれるか」

犯罪はこの世界に来てからしていないから問題はない。

もちろん、現実の世界でもしてないよ。

ほんとだよ。

門兵に、近くにある建物に連れていかれる。

よくファンタジー小説に出てくる兵舎だろうか。

中に入ると受付みたいな場所がある。

そこに連れていかれると、門兵は水晶を目の前の机に置く。

「この水晶板に手を置いてくれ、犯罪者なら水晶板が赤くなる」

「置くだけいいの?」

「ああ、嬢ちゃんの魔力に反応して調べるからな」

手を水晶板に置くが反応はない。

「大丈夫だな」

「本当にこんなことで分かるの?」

「そんなことも知らないのか。本当にどっから来たんだ」

「遠くの村だよ」

本当のことを言っても信じてもらえないと思い、そう嘘をつく。

「なら、説明をしてやるか。街に住む者なら、赤ちゃんが生まれると市民カードを発行すると同時に魔力の登録も行われる。これは王都、他の街でも同様に行われる。それによってその者がどこの出身地か分かるようになっている」

住民登録みたいなものかな。

「そして罪を犯した場合、そのデータを水晶板に登録することができる。登録されると全ての水晶板にデータが行き渡ることになる。それによって犯罪者は街や王都に入れなくなる」

「偽造カードや他人のカードを使ったらどうなるの？」

「それは無理だな。カードは魔力に反応するように作られている。登録したときの魔力でないとカードは反応しない」

魔力は指紋みたいなものかな。

「でも、魔力の登録をしていない場合、意味がないんじゃ」

「そうなるな。でも、カードを持っていないのは街や王都に来たことがない、田舎の村人ぐらいだな。そんなやつが重罪人のわけがないからな」

確かにそうかも。

「説明は以上だ。他になにか知りたいことはあるか？　なければ、もう街に入っていいぞ」

礼を言って部屋を出るとフィナが待っていてくれた。

フィナの頭を撫でてあげる。

「ユナお姉ちゃん、大丈夫だった？」

「うん、大丈夫だよ」

「それじゃ、ギルドにウルフを売りに行こう」

この街はゲームの中の街に似ていなくはないが、なにかが違うような気がする。

そして、なぜかみんなわたしのほうを見ているような気がする。

よそ者だからかな。

「ユナお姉ちゃんの格好目立つね」

忘れてました。

自分の格好がクマだってことを。

目的の場所に着くまでの間、すれ違う人が全員わたしのほうを見たのは言うまでもない。

フィナが案内してくれたのは大きな倉庫みたいなところ。

その隣には大きな建物が建っていて、剣や杖を持った冒険者がいる。

ステータス画面が出ないのでゲームプレイヤーなのかＮＰＣなのか分からない。調べたい気持ちもあるが、今はフィナについていくことにする。

「ここで買い取りしてくれるの。すみませーん。ウルフの買い取りをお願いしたいんですけど」

フィナはカウンターの奥にいる男の人に声をかける。

「フィナじゃないか。こんな時間にどうしたんだ」

「素材を売りに来ました」

フィナが持っているウルフの素材を台の上に置く。

わたしも同じように置く。

「これ、ウルフの肉と毛皮じゃないか。どうしたんだ」

「ちょっと外に薬草を採りに行ったら、ウルフに襲われちゃって、そしたら、このお姉ちゃんが助けてくれたの」

「おまえ、森に行ったのか！」

カウンター奥の男が叫ぶ。

「うん、お母さんの薬草がなくなったから」

「何度も言っているだろう。薬草が欲しければ俺が手に入れてやると」

「でも、いつもいつもゲンツおじさんにお願いするわけにはいかないよ。わたしお金払ってないし」

「だから、それはいいって言っているだろう。もしおまえになにかあったら、おまえのお母さんになんて言ったらいいんだよ」

「大丈夫だよ。森には何度か行っているから」

「でも、今日はウルフに襲われたんだろう。そこの、なんだ、変な、妙な、嬢ちゃんに助けてもらったんだろう。嬢ちゃんありがとうな。フィナを助けてくれて」

わたしの格好を見て言いにくそうに礼を言う。

「ううん、わたしも道に迷っていたからお互い様」

「礼はしたいが、これも仕事だから、買い取り金額は通常と同じにさせてもらうけどいいな」

「それでいいよ」

男性はウルフの素材を確認していく。

「えーと、肉と毛皮だな。この量だと、こんなもんだな」

男性は目の前にお金を置く。

多いのか少ないのか分からないけど、フィナは嬉しそうに受け取る。そして、受け取ったお金をわたしに差し出してくる。

「ありがとう」

わたしは一度お金を受け取ると、そのままフィナに返す。

「ユナお姉ちゃん？」

「それじゃ、もう一つ、お願い。わたしこの街のこと知らないから、宿屋に案内してくれない？　このお金はそのお礼」

「嬉しいけど、こんなにもらえないよ」

お金を見ながら、困った表情を浮かべている。

「フィナが解体してくれなかったら、どっちにしてもあのまま放置していたと思うから、気にしないでいいよ。お母さんの薬でも買って」

あんな話を聞いたら、お礼を渡したくなる。それに、お金ならクマボックスの中にたくさん入っているので困らない。

「でも……」

「フィナに会えなかったら、街に来ることができなかったし、森の中で迷っていたと思う。だから、そのお礼も含めてと思ってくれたらいいよ」

「フィナ、素直にもらっておけ」

「ゲンツおじさん……」

男の人が悩んでいるフィナに声をかける。

「変な格好はしているが、悪い嬢ちゃんには見えない。厚意は素直に受け取っておけ」

「……うん。ユナお姉ちゃん、ありがとう」

フィナは少し考えて、お礼を言って受け取る。

「それじゃ、宿屋の案内をしてくれるかな」

「うん！」

わたしとフィナは男の人にお礼を言って、この場を離れる。

「フィナ！　もう、危険なことはするなよ。薬草が欲しければ俺に言えよ」

「うん、分かった」

フィナは返事をして歩きだす。

「さっきの男の人、知り合い？」

「はい、いつもお世話になっています。たまに、持ち込みの魔物が多いとき、解体の仕事をさせてもらっているんです」

なるほど、それであんなに上手く解体ができたのか、と納得する。

「それで、お母さんの病気のことも知っていて、薬草や薬を譲ってくれるんです。でも、毎回毎回頼むわけにはいかないから」

それで、今回は一人で森に薬草を採りに行ったわけか。

なにか、フィナのためにしてあげたいけど、今は無理かな。

自分もこんな状況だし。

案内された宿は、先ほどの場所からそれほど離れていない場所にあった。

ちなみに、ここに来るまで、視線を浴びていたのは言うまでもない。

「ここだよ。ごはんも美味しいってみんな言っているよ」

立派な宿屋がある。

宿屋の前に立つと、いい匂いが漂ってくる。

日も沈みかけて、夕食時だ。

美味しい食事が期待できそうだ。

「ありがとう。じゃ、お母さんに早く薬草を持っていってあげて」

「うん、ユナお姉ちゃんありがとう」

フィナは走っていく。

そのフィナの背中を見送ったわたしは宿屋に入る。中に入ると10代後半くらいの女の子がわたしを見て驚いている。

毎度毎度、みんな同じ反応で困る。

お金もあるし防具も考えようかな。

「い、いらっしゃいませ？」

女の子はわたしの格好を見てどうにか声を出す。

「泊まれるって聞いたんですけど」

「はい、大丈夫です。朝、夜の食事つきで銀貨一枚です。食事なしだと半銀貨になります」

「それじゃ、食事ありで10日分お願い」

「あと、お風呂は夕方6時から夜10時までになります」

「お風呂あるの！」

「はい、ございます。男と女でちゃんと分かれているので安心してください」

嬉しい誤算だ。まさかお風呂もついている宿とは思わなかった。

「食事はすぐにできる？」

「大丈夫です」

説明を聞き終わったわたしは、白クマの口から銀貨10枚を取り出す。

受け取る瞬間、女の子は黒クマの手袋をにぎにぎする。

「わぁ、すみません。可愛かったので。食事つきで10日分ですね。食事はすぐにご用意しますので席に座って待っててください。ああ、わたしは、この宿の娘のエレナっていいます。よろしくお願いします」

「ユナだよ。しばらくよろしくね」

4　クマさん、鏡に映った自分の姿を見て悶絶する

美味しい食事で満足したあと、2階の部屋に案内してもらう。

フィナには感謝しなくちゃいけないね。森から街まで案内してくれて、料理が美味しい宿屋を教えてもらった。

命の恩人だ。

「お風呂は空いてますから入っても大丈夫です。でも長湯だけはしないでくださいね。待つ人がいますから」

「了解」

「あと、朝食は朝6時から8時までの間です。遅れたら出せませんので気をつけてください」

エレナさんはひと通り説明をすると下に下りていく。

残されたわたしは部屋の中に入る。

一人部屋だからそれほど広くはない。

ベッドと小さな机があるぐらいだ。

アイテムボックスがあるので荷物が邪魔になることはない。寝るだけなら十分の広さだ。

部屋を見渡していると壁に鏡があるのに気づく。

改めて自分の姿を確認する。

恥ずかしい。

間違いなく、クマさんの格好だ。

女の子がたまに部屋着で着ているような、クマの服。

この格好で外を出歩いていたとか、もう、恥ずかしくて明日からやだなあ……。

もう一度、勇気を振り絞って鏡を見つめる。

そこで違和感に気づいた。

「現実のわたしの顔……」

鏡に映っていたのは、リアル世界でのわたしの顔だった。

ゲームキャラの顔と輪郭は同じだが、髪の色や髪型は異なっていた。わたしはゲームでは銀髪のツインテールだった。

だが、いま鏡に映っているのは腰まで伸びる髪。引きこもりのわたしが美容室なんて面倒なところに行くわけもなく、だんだんと伸びた髪だ。

面倒なので、髪型もストレートのままだった。

その現実の姿の顔、髪の色、髪型が鏡に映っている。

身長もゲームの中では10㎝ほど高くしてあった。改めて確認すると、どう見ても現実の

身長しかない。

小さくないよ。

平均より少し小さいだけだよ。

本当だよ。

でも、これで嫌でもこの世界がゲームの世界ではないと分かった。

どこかでゲームの世界なのではと願っていたが、現実だと知ると一瞬ショックを受けた。だけど、ショックを受ける理由がないことにすぐに気づく。

わたしの親はどうしようもない親だったし、友達もいないから親友なんてもちろんいない。

現実世界に残してきたのは株で稼いだお金ぐらいだろう。でも、そのお金も神様の手紙によればこちらのお金に換金してあるっていうし。

現実世界で名残惜しいのは娯楽、食べ物ぐらいだ。

でも、この世界だって楽しいことはあるだろうし、この宿の料理は美味しかった。

引きこもろうと思えば引きこもれる。でも、残念なことに、この世界にはネットもテレビもゲームもない。引きこもっても、寝ること以外することがない。

でも、この異世界自体がゲームと思い、いろんなところに行って楽しむのもいいかもしれない。

そう考えると楽しくなってきた。

「よし、明日に備えて風呂に入って寝よう」

風呂場に行き、脱衣所でクマの手袋を外し、クマの服を途中まで脱ぐ。

クマの服の下は下着姿だった。

パンツとブラジャーのみって……。

わたしはこんな格好で街の中を歩いていたのか。

シャツぐらいちょうだいよ。

そういえば、替えの下着は持っていないから買わないといけないな。

クマの服を全て脱いで、パンツを脱ぐ。

うん？

気になるものが目に入った。

パンツをおもむろに広げてみる。

「なんだこりゃ……」

パンツにはクマさんの絵がついていた。

しかも、白クマと黒クマの2匹。

この世界にわたしを呼んだ神様の趣味か。

「深く考えるのはよそう」

風呂に入り、今日の疲れを取る。

長風呂は禁止されているので早めにあがる。

着替えもないから先ほどのクマさんパンツとクマの服を着なおそうとする。

「明日は買い物かな」

クマの服に手をかけて、ふと思い出す。

裏返しにして白クマにして着ると体力が回復するって書いてあったことを。

試しに白クマにして着てみる。

癒やされている感じが伝わってくる。

体が内側からぽかぽかと温まる。

「おお、これは意外といいかも」

部屋に戻ると今日の疲れを取るためにふとんの中に入る。

気持ちいい。

「おやすみ〜」

誰も聞くことのない挨拶をして眠りにつく。


早く寝たためか早く目覚めた。

白クマ効果なのか、疲れが残っていない。

だんだんとクマ装備が外せなくなる。

これは呪いの装備かもしれない。

スキルは高いが見た目が可愛(かわい)いクマさんとか。せめてカッコいいクマの装備だったらいいのに。

朝食の時間まで少しあるみたいだ。

ステータス画面を呼び出す。

名前：ユナ
年齢：15歳
レベル：3
スキル：異世界言語、異世界文字、クマの異次元ボックス

装備
　右手：黒クマの手袋（譲渡不可）
　左手：白クマの手袋（譲渡不可）
　右足：黒クマの靴（譲渡不可）
　左足：白クマの靴（譲渡不可）
　服：黒白クマの服（譲渡不可）
　下着：クマの下着（譲渡不可）

変な装備の項目が増えている。

クマの下着
どんなに使っても汚れない。
汗、臭いもつかない優れもの。
装備者の成長によって大きさも変動する。

引きこもりに最強の装備が来た。

いやいやいや、それは15歳の乙女としてだめだろう。

でも、装備者の成長によって大きさも変動するってありがたいかも。今は、薄い胸板だけど、将来、巨乳になるわたしには必要だ。

いちいち、下着のサイズを変えないですむのだから。


朝食をとるために一階に下りるとエレナさんが雑巾を持って掃除をしていた。

「おはようございます」

「はい、大丈夫です」

「おはよう、食べられる？」

エレナさんがジロジロと見てくる。

「今日は白ですね。とても似合ってますよ」

素敵な笑顔で言われた。

すっかり忘れていた。

今は白クマです。

黒クマだから恥ずかしくないってわけじゃないけど、着替えるのも面倒なので白クマ姿で朝食をとる。出されたパンもスープも美味(おい)しかった。

お金もあるから、この宿屋に引きこもるのもいいかも。

部屋に戻って黒クマに着なおす。

今日の予定を考えてみる。

1、着替えを買う（下着含む）。

2、身分証を作る（冒険者ギルドに行く）。

3、装備が欲しい（剣が欲しい）。

4、情報収集（図書館か本屋かな）。

5、自分の強さの把握（ウルフは余裕だった）。

「なに？」

エレナさんから冒険者ギルドの場所を聞くと昨日ウルフの素材を売った建物の隣だそうだ。

身分証がないといろいろ面倒そうなので冒険者ギルドに向かうために宿を出ると。

「ユナお姉ちゃん、おはようございます」

「フィナ、どうしたの」

「改めてお礼をしようと思って。あと、宿のほうはどうだったかと思って」

「食事も美味しかったし、お風呂もあったのは嬉しかった。とりあえず、10日間はいるつもり。いい宿を教えてくれてありがとうね」

「よかったです。気に入ってもらえて」

「フィナのほうは大丈夫だった？」

「はい、ちゃんとお母さんに薬草を飲ませることができました。それで、ユナお姉ちゃんはどこへ行くのですか」

「わたしはギルドへ身分証を作りに。それから街の中を回ってみようかと思っているけど」

本日の予定を説明する。

「わたしも解体の仕事があるか確認しに冒険者ギルドに行くので一緒に行っていいですか？」

「解体の仕事？」

「昨日、わたしが解体の仕事をしているって言いましたよね。その仕事をくれるのがゲンツさんなんです」

「ゲンツさん？」

「ええ、昨日ウルフの素材を買い取りしてくれた人です。冒険者の人が解体もせずに大量に魔物を持ち込んでくるときがあるんです。そんなとき、わたしがお手伝いさせてもらっているんです。だから、毎日朝イチで確認しに行くんです」

「ああ、昨日、そんなこと言っていたね」

こんな小さな女の子が魔物の解体の仕事ね。

流石、異世界というべきか、これが異世界の常識なのか、悩むところだ。

「ゲンツさんには、いつも、お世話になりっぱなしです」

もしかして、ロリコン……。

「ゲンツさん、うちのお母さんが好きみたいなんです」

そっちか。わたしの心が汚(よご)れているのを確認できた。

少女と大人の男性の組み合わせを聞くとロリコンを想像するのは、わたしの悪いクセだ。

ゲンツさんとフィナのお母さんの話を聞いているうちに、昨日ウルフを売った建物が見えてきた。

もちろん、ここに来る間も、視線を浴び続けましたよ！

5　クマさん、冒険者ギルドに行く

ギルドに着くと冒険者がたくさんいた。

皆、それぞれ剣や杖を持っている。

ゲームの世界にいるようだ。

でも、プレイヤーは1人もいないんだよね。

「朝から結構人が多いね」

「ランクが低い冒険者は仕事の取り合いになりますから。みんな、いい仕事を取るために早めに来るんです」

なるほど、強い魔物は強くないと倒せない。

弱い魔物の討伐なら、ある程度の冒険者でもできる。

依頼と冒険者の数が合わなければ仕事の取り合いになるだろう。

わたしはゲンツさんのところへ行くフィナと別れて、むさくるしい男どもがいるギルドの中に入っていく。

中に入ると視線が向けられる。

値踏みをしているのか、女が来たのが珍しいのか、視線が集まる。

周りを見ると女性冒険者もいるが、やはりその数は少ない。

視線を無視して受付の20歳前後の受付嬢の前に行く。

「冒険者登録をしたいんだけど」

「あ、はい、冒険者ギルドに加入ですね」

「身分証になるって聞いたんだけど」

「はい、冒険者ギルドカードは身分証として使えます」

「それじゃ、お願いしてもいいかな」

そう伝えると、後ろから視線を感じて振り向く。

「おいおい、こんな変な格好した小娘が冒険者だと。冒険者も舐められたもんだな。おまえみたいな小娘がいるから冒険者の質が落ちるんだよ」

テンプレかな？

「わたしは身分証が欲しくて来ただけよ。なにかを言われる筋合いはないけど」

「それじゃ、なおさらだな。仕事もしない冒険者なんて必要ないな」

「仕事をしないとは言ってないよ。わたしができることはするよ」

「それが質を落とすって言っているんだよ」

「受付のお姉さん、この人がこんなこと言っているけどそうなの」

「ギルドでは最低限の資格があれば問題はありません」

「最低限？」

「年齢が13歳以上、一年以内にEランクに上がること。なれなかった場合、剝奪されます」

「Eランク？」

「ゴブリンやウルフ、ランクの低い魔物の討伐ができることが条件です」

「なら、問題はないかな。ウルフなら倒せるから」

「ぎゃははは、嘘をつくんじゃねえよ。おまえみたいな小娘がウルフを倒せるわけないだろう」

「この人のランクは？」

　受付嬢に尋ねる。

「Dランクのデボラネさんです」

「後ろで野次を飛ばしている人や、笑っている人も？」

「みなさん、D、Eランクの方々になります」

　薄笑いを浮かべている冒険者たち。ゲームの世界でもいたな。人を見た目だけで判断するバカ。バカに対する対処方法は一つ。自分たちが間違っていることを認識させること。ゲームでもそうだったけど、売られた喧嘩は買う主義だ。

「フッ、この冒険者ギルド、質が低いね。この程度の冒険者がDランクとか」

「なんだと」

「自分で言ったんじゃない。バカなのアホなの？　わたし程度が冒険者になれないなら、わたしに勝てないあなたたちはクズでゴミで生きる価値がないってことでしょう。自分の言った言葉も理解できてないなんてバカなの？　ああ、ごめんね。ゴブリンだったね」

「貴様……死にたいのか」

「ここで試合できるところある？」

ゲーム時代もたまにソロでやっていると、このようなバカなやつらに因縁を吹っかけられることが多かった。

だが、引きこもりプレイヤーはやられっぱなしではいない。

時間とお金をかけたキャラで返り討ちにしたものだ。

このような人間は叩き潰さないとゴキブリみたいに次から次へと増えていくから困りものだ。

「はい、この裏にありますが……」

「それじゃ、あなたたちが勝ったら、わたしは冒険者を諦めてここを立ち去る。あなたたちが負けたら、あなたたちが冒険者を辞めて立ち去るってことでいい？」

「女のくせに舐めたことを。貴様に負けたら辞めてやるよ！　なあ、おまえたち」

「おお！」

男の後ろにいる冒険者もニタニタ笑いながら返事をする。

面白がっているな。

「受付のお姉さん、今の話、聞いたよね」

「はい。ですが、謝ったほうが……。デボラネさん、性格に問題がありますが、Dランクであることに間違いはありませんから」

これで受付嬢の言質(げんち)は取った。

忘れたとは言わせない。

受付嬢に案内されて、裏の訓練場に向かう。

後ろにはデボラネを先頭にゾロゾロと15人ほどの冒険者がついてくる。

「えーと、本当にやるのですか」

「ええ。弱いのに冒険者でいるなんて、冒険者の質を落とすものだから、早めに辞めてもらわないといけないでしょう」

「貴様。生きてここから出られると思うなよ」

「つまり、あなたも殺される覚悟があると。弱いやつほどよく吠(ほ)えるっていうけど、本当なのね」

「おい、早く始めろ」

デボラネが剣を構える。

「あっ……」

武器がないのを忘れていた。

勇者のひのきの棒しか持っていない。

「どうした、早く武器を構えろ」

どうしたもんかと周りを見渡すと、フィナがやってくるのが見えた。

なんてタイミングがいい子なの。

「ユナお姉ちゃん！」

騒ぎを聞いて駆けつけてくれたらしい。

可愛いことだ。

「フィナ、ナイフ貸してくれない。あとでちゃんと返すから」

フィナに近寄り、お願いする。

「ユナお姉ちゃん戦うの？」

「成り行きでね。まあ、大丈夫だから見てて」

フィナからナイフを借りてデボラネの前に行く。

「貴様、そんな武器で戦うのか」

「ゴブリン相手にわたしの武器（勇者のひのきの棒）を使うほどじゃないよ」

「殺してやる」

「何度も言いますが、殺しはだめですからね。それじゃ、始めてください」

デボラネが走りだし、大剣を振りかざす。

ワンステップで横に3ｍほど飛ぶ。クマの靴のスキルのおかげで簡単に間合いを取ることができる。さらに、ワンステップでデボラネの内側に入り込み、黒クマの手で横っ腹を殴り飛ばす。

秘技、クマパンチ。

あれ、吹っ飛ばない。顔を歪ませる程度だ。

「貴様……」

クマパンチに耐えたデボラネは剣を振りかざす。

おいおい、対人戦で触れるほど近くにいるのに剣を振りかざすって、どんだけ素人よ。

ゲームの中でも対人イベントはあった。レベル無制限、武器、魔法、防具なんでもありの無差別級とか。中には運営者の設定で防御力、攻撃力を一定にして戦う対人戦もあった。レベル、武器や防具に差がない戦いでは、勝負は技術で決まる。

そんな戦いをわたしはしてきた。

力任せで攻撃してくる敵は相手ではない。

振りかざしたデボラネの手首あたりにクマパンチを繰り出す。

力を上に向けられたせいで、デボラネの剣はバランスを崩す。その後には喉にナイフを突きつけられているデボラネの姿があった。

「終わりだね」

「ふざけるな――――!!」

止まっているナイフを払い、剣を振りかざそうとする。

ワンステップで後方に下がって避ける。

このクマの靴、便利すぎるぞ。

「受付のお姉さん、今の勝負はわたしの勝ちでしょう」

「ふざけるな、まだ、勝負はついていない」

受付嬢を見るが、彼女もどうしたらよいか分からず、迷っているようだ。

ちゃんと審判をしてほしいんだけど。

「分かった。勝負だけじゃなく、人生を終わらせてあげるから。次はナイフが止まると思わないでね」

そう言うと、男の顔が引きつる。

実力の差が分かっているのだろう。

攻撃はかわされ、スピードもわたしのほうが速く、クマパンチだってあれがナイフだったら腰に刺さっていたのだ。しかも最後に首にナイフを突きつけられたのは間違いないのだから。

すでに2度、刺されたことになる。

「このナイフがそんなに怖い?」

小さなナイフをちらつかせる。

「ごめんね。本来、冒険者の資格もない一般の人にこんなもの使うなんて、大人げなかったね」

そう言うと、デボラネの足元にナイフを投げつけ、地面に突き刺す。

「これで、怖くないでしょう」

クマの手袋で、カモン、カモンとやってみる。

「バカにするな～」

バカの猛突進。

ワンステップで横にかわす、でも、剣が追いかけてくる。

流石に2度同じ避け方ではばれるか。

ワンステップでだめならツーステップすればいいこと、だめなら三度飛ぶだけ。

3つステップを踏み、4つ目で死角に入り、5つ目でデボラネに向かう。

顔面にクマパンチが炸裂する。

デボラネの巨体が倒れる。

右、左、右、左、右、左と顔面を殴りつける。

クマパンチ、クマパンチ、クマパンチ、クマパンチ、クマパンチ、クマパンチ。

やっぱり、黒クマの手のほうが力があるみたい。

向かって右頬だけが大きく腫れている。

男は動かない。男が動かなくなったのを見てから離れる。男は白目を剝いて気絶している。

「それじゃ、次の相手は誰？」

見学している冒険者に向かって尋ねる。

誰も来ない。

「いないみたいだね。それじゃ、受付のお姉さん、ここにいる冒険者のみなさんのギルドからの脱退をお願いしますね。実力がないらしいですから」

わたしはにっこりと微笑む。

「それは……」

「だって、みなさん、自分で言ったんですよ。わたしみたいに実力がないやつは冒険者になれない。それって、わたしよりも弱い人は冒険者になれないって意味でしょう。この倒れている男はもちろん、わたしに向かってこない人たちもそう取られても仕方がないでしょう。冒険者ならわたし程度には勝てるはずですから」

笑みを浮かべながら周りを見る。

先ほどの戦いを見て勝てると思った冒険者はいないみたいだ。

そもそもデボラネがこの中で一番強かったのだろう。そのデボラネが簡単に負けたのだから、わたしに戦いを挑むバカはいなかった。

「俺は言ってないぞ」

沈黙の中、一人の冒険者が言った。

「俺も言っていない」

さらに一人続く。

「言ったのはデボラネだろ」

「そうだ」

デボラネを切って自分の身を守るつもりらしい。

「でも、わたし、言いましたよね。あなたたちが勝ったら、わたしは冒険者を諦めてここを立ち去る。あなたたちが負けたら、あなたたちが冒険者を辞めて立ち去るって、そして、その男が『貴様に負けたら辞めてやるよ！　なあ、おまえたち』、それに対して、あなたたちは『おお！』と返事をしました。そのときに受付のお姉さんに確認を取りましたよね」

受付嬢を見る。

「はい……」

彼女が小さく返事をする。

逃げ場を失った冒険者たちは訓練場に入ってくる。

「そこまで言うなら、俺たち全員を倒してからにしな」

「そうだな、俺たちをまとめて相手してもらおうか」

一人、２人、３人と出てくる。

どうやら、全員まとめて相手をしないといけないらしい。

でも、デボラネ程度の実力なら平気かな。


戦闘は終わった。

あっけなく終わった。

ステータスを見ていないからなんとも言えないが、デボラネを倒したことでレベルが上がったのだろう。クマステップにはキレが増し、クマパンチの威力は数段上がっていた。

はい、みなさん、クマパンチ一発で倒れました。

「おい、おまえたちなにをやっとる！」

あらゆる筋肉を体につけた、厳つい男が訓練場に入ってきた。

「おい、ヘレン。どういうことか説明しろ！」

受付のお姉さんに向かって言う。

あの受付の人、ヘレンって名らしい。

ヘレンさんが一生懸命に説明をしている。

終わると筋肉がこちらを見る。

「おい、そこの変な格好している女！」

「なに？」

「おまえがこれをやったのか？」

「わたしは悪くないよ。暴力を振るわれたから正当防衛をしただけ。もしかして、わたしが悪いとは言わないよね」

「基本的に冒険者同士の争いにはギルドは中立だ」

「それじゃ、わたしの味方ってことだね」

「なんでそうなるんだ」

「わたしまだ、入会してないから冒険者じゃないよ。一般市民だよ。そんな、一般市民が冒険者に襲われたのだから、それは管理するギルドの責任なんじゃない。まさか、一人の一般市民の女の子より、複数で襲ってきた冒険者の味方ってわけじゃないでしょう」

「そりゃな」

「なら、一般市民のわたしの味方じゃない」

まあ、わたしはこの街の市民ではないんだけど。

男は頭をポリポリ掻(か)いて、悩んでいる。

「おまえは結局なにがしたいんだ」

「ギルドの登録、あとあいつらのギルド登録の抹消かな」

「おまえさんの登録は許可するが、あいつらの抹消はできない」

「どうして？　彼らが自分たちには実力がないから頭を下げて辞めさせてくださいって言っているのに辞めさせないの。冒険者ギルドはそんなに自由がないの？」

「なんだ。おまえたち冒険者を辞めたいのか！」

倒れている冒険者たちに尋ねる。

男たちは曖昧な顔をするだけで答えようとしない。

「言ったよ。わたしみたいに実力がないやつは冒険者になれない。わたしみたいな弱いやつに負けるなら、冒険者を辞めてやる」

「おまえらそんなことを言ったのか」

冒険者の何人かが頷く。

「こいつらがバカなことは分かった」

「それじゃ、わたしと彼らの手続きをお願い」

「もう一度聞く、おまえたち辞めたいか。返事をしないなら黙ってギルドカードを置いていけ」

「「「「すみませんでした！」」」」

怪我をした冒険者が頭を下げる。

「こいつらを許してやってくれないか」

「いいけど、お願いがあるよ」

「いいだろう。言ってみろ」

「今後、わたしがギルドに入っても他の冒険者からちょっかいを出されないようにしてほしい。面倒ごとが起きたら、ギルドで対処してほしい」

「分かった。おまえと冒険者のトラブルはギルドが責任をもって対応しよう」

「なら、もう、わたしが言うことはないよ」

6　クマさん、ギルドカードを作る。職業はクマ

訓練場から戻り、ギルドカードを作ってもらう。

「それでは登録しますので、名前、生年月日、職業を記入してください」

冒険者たちの治療の手配を済ませてきたヘレンさんが受付をやってくれる。

顔には疲労感が出ている。

わたしのせいではないことを主張しておこう。

「生年月日？」

「はい、年齢を確認するために必要になります」

「年齢じゃだめなの」

「それだと、誕生日が来てもギルドカードの年齢があがりませんから」

そうか、年齢だけだと永遠の18歳とかになるからね。

でも、生年月日はどうしたもんか。

スキルの異世界文字があるからなんとかなるのかな？

とりあえず、名前を『ユナ』と日本語で記入する。

そのあとに日本で生まれた西暦で記入してみる。

それを見たヘレンさんが、

「ユナさんは15歳なんですね」

ちゃんと伝わっているらしい。

流石(さすが)ファンタジー。

次は職業の欄。

「職業？」

「仲間募集や限定的な依頼があったときに参考になります」

「仲間？」

〝仲間〟って言葉に反応するのは、わたしがボッチだからじゃないよ。

別にフレンドがいなかったわけじゃないよ。

少なかっただけだよ。

0じゃないよ。

ゲームのときは魔法剣士をやっていた。ソロプレイが多かったため、物理攻撃しか効かない魔物、魔法でしか倒せない魔物、その両方と戦える魔法剣士にしていた。

ただ、どっちつかずの職業だったため、パーティープレイには人気がない職業だった。

物理攻撃力が高いのは剣士だし、魔法攻撃が必要なら魔術師をパーティーに入れる。

だから、魔法剣士だったわたしは迷惑になるからとパーティーに入らなかっただけだ。

呼ばれなかったんじゃないよ。

「わたしには必要ないから書かないでいい？」

「書いていただけると助かるのですが」

「うーん」

まあ、今の職業は魔法剣士じゃないから書いてもいいんだけど、現在のわたしの職業ってなに？

魔法は使えない。剣は持っていない。格闘家？

だから、書かないのではなく、書けないが正解である。

天の声が「おまえの職業はクマだろ」って言っているような気がするがスルーしたい。

名前：ユナ

生年月日：西暦20＊＊年＊月＊日

職業：クマ

書いてしまった。

ヘレンさんがジト目で見てくる。

けれど、さっさと終わらせたいのかなにも言ってこない。

「では、この水晶板の上に手を置いてください」

門にあったのと同じものだ。

これで魔力を確認しているらしいけど、人によって魔力って違うものなのかな。指紋みたいに魔力の波長とかが、個人個人で違うのかな？

わたしがそんなことを考えている間もヘレンさんは水晶板を操作していく。

「登録にしばらく時間がかかりますので、その間にギルドの説明を行いますね。ギルドカードにはユナさんの情報が書き込まれていきます。冒険者ランク、受けた依頼の数。依頼の内容、成功数、失敗数。現在受けている依頼が登録されます。この情報はどこのギルドでも見ることができます」

なるほど、失敗数も登録されていくわけか。あまり、失敗が多い冒険者には依頼したくないもんね。

「では、次にギルドランクの説明をしますね。ランクはFから始まり、E、D、C、B、A、S、と上がっていきます。ランクが上がるのは依頼の成功数、失敗数を考慮します。失敗が多い場合は上がることはありませんので、依頼を受けるときは自分の力に合った依頼を受けてください。あと、同ランクの依頼を受け続けた場合も上がることはありません」

「どういうこと？」

「依頼は一つ上のランクまで受けることができます。ですので、Fランクのユナさんが Fランクの依頼をなん百回と受けてもランクが上がることはありません」

「つまり、一つ上のランクの依頼をこなして、成功するとランクが上がるわけね」

「1ランク上の依頼を10回以上こなすことが目安になります。そして、最終的にギルドが判断します」

「もし、ランクが上の人と協力して依頼を達成した場合はどうなるの？」

「そのあたりは細かい説明になりますが、依頼を受けるときには全員にギルドカードを提出してもらいます。その中に高ランクの人がいた場合、合格ラインが上がります」

「というと？」

「依頼をこなす回数が増えます。仮にDランクの人がCになるために、Cランク冒険者と一緒に依頼をこなした場合、20回以上の達成が必要になります。もし、Sランクに手伝ってもらうと、いくら依頼をこなしてもランクが上がることはありません」

「隠れてやった場合は？」

「そこまで対応はできません。その人のモラルの問題になります。でも、貴族の中にはユナさんの言った方法を使ってランクを上げる人がいるのも事実です」

つまり、ランクの高い人をお金で雇ってランクを上げるってことね。

たぶん、高ランクを雇うには高い金を払う必要があるから普通の冒険者にはできない方法だ。

「あと最後に、このカードはユナさんしか使うことはできません。紛失すると再発行に銀貨10枚の手数料をいただきます」

できた上がった銀色のカードを渡される。

カードを見ると、

名前：ユナ
年齢：15歳
職業：クマ
冒険者ランク：F

情報はこれしか書かれていない。他の情報はあの水晶板で見るみたいだ。

でも、この受付嬢、本当に職業に〝クマ〟って書いた。

ヘレンさんを見るとニコニコ笑っている。

「依頼はあちらのボードに張り出されています。自分が受けたい依頼がありましたら依頼書を受付まで持ってきてください」

見ると、ボードの前には人だかりができている。

でも、人がいないボードもある。

「あっちは？」

「あちらのボードは高ランクの依頼になります」

なるほどね。

「あとなにかお聞きになりたいことはありますか？」

「今のところはないかな。なにか知りたいことがあったら改めて聞きに来るよ」

「それで、本日は依頼を受けますか？」

「しばらくは街を探索するつもり。昨日、初めてこの街に来たからね」

わたしはお礼を言ってギルドの外に出ると、フィナがいた。

「フィナどうしたの？」

「ユナお姉ちゃんが心配で」

「ああ、ごめんね心配かけて。ちゃんと登録できたから大丈夫だよ。それでフィナのほうは仕事はあったの？」

「なかったです。ほとんどの冒険者さんは自分たちで解体をして持ち込んできます。そのほうが高く引き取ってもらえますから。解体されていない魔物は少ないんです」

「そうなの？」

わたしは魔物の解体なんてしたくないけどね。

安くなってもいいから解体をせずに持ってくるつもりだし。

クマのアイテムボックスがあるから、倒したらそのまま持ってこられるしね。

そもそも現代っ子の引きこもりに動物や魔物の解体なんてできるわけがない。

フィナの頭を撫でて別れ、街の探索に行こうとしたが思いとどまる。

「あ、そうだ。フィナ、暇だよね」

「はい、今日は他のところでも仕事はありませんので」

「今日一日、街を案内してくれない？　フィナが一日どのぐらいお金を稼いでいるか知らないけど、報酬は銀貨一枚と昼食つきでどう？」

「昨日もそうだったけど、それはもらいすぎです。10歳の子供が一日で銀貨は稼げません」

「なら今日は特別ね。それにわたしが街のことを知ったらこの仕事はなくなっちゃうよ」

やさしく、頭を撫でてあげる。

わたしに妹はいなかったけど、いたらこんな感じなのかな。

「ユナお姉ちゃんありがとう」

「それじゃ、行こう。まずは、フィナのオススメの武器屋さんを教えてくれない？」

目的の一つ、武器屋への道案内をお願いした。

7　クマさん、武器屋に行く

フィナに案内をしてもらう前にステータスを確認する。
クマパンチの威力が上がっていたし、レベルが上がっているような気がするんだよね。

名前：ユナ
年齢：15歳
レベル：8
スキル：異世界言語、異世界文字、クマの異次元ボックス、クマの観察眼

装備
右手：黒クマの手袋（譲渡不可）
左手：白クマの手袋（譲渡不可）
右足：黒クマの靴（譲渡不可）
左足：白クマの靴（譲渡不可）

服：黒白クマの服（譲渡不可）
下着：クマの下着（譲渡不可）

やっぱり、レベルが上がっている。

あと、変なスキルが増えている。

クマの観察眼
黒白クマの服のフードにあるクマの目を通して、武器や道具の効果を見ることができる。
フードを被（かぶ）らないと効果は発動しない。

と～～～～っても役に立つスキルだけど、どうして、クマにスキルがつくのよ！

この世界で生きていくのなら、一生クマの格好で過ごさないといけないのかもしれない。

「ユナお姉ちゃん？」

「ああ、ごめん。なんでもないよ。それじゃ行こうか」

フィナの案内で武器屋に向かう。

「ユナお姉ちゃんはどんな武器を買うの？」

「うーん、まだ決まってないけど、とりあえず剣とナイフは欲しいかな」

「そういえば、ユナお姉ちゃん武器持ってないの？」

「あるよ（勇者のひのきの棒が）」

「そうだよね。武器も持たずに森の中を歩くわけないよね。なら、どうして、武器屋へ行くの」

「そ、それは、掘り出し物があるかもしれないでしょう。あとは自分に合った武器があるかもしれないし。それで、これから行く武器屋ってどんなところなの？」

秘技！〝困ったら話を逸らす！〟

「ゴルドさんがやっている武器屋さんだよ」

「ゴルドさん？」

「ギルドに保管してある武器を管理している人なの。わたしが持っているナイフもゴルドさんにもらったんだよ」

「くれたの？　優しい人だね」

「『これは捨てるやつだ。貴様にやる』って言って渡してくれたの」

ツンデレ？

「それにギルドに保管してある武器を見に行ったときに、わたしのナイフも『ついでだ』って言って研いでくれるんだよ」

ツンデレ確定。

「ここだよ」

フィナは一軒の建物の前に立つ。

剣の絵が描かれた看板がある。

防具は売ってないのかな？

店の近くに来ると中からカンカンカンと音が聞こえてくる。

武器を作っているのかな。

フィナを先頭に店の中に入る。

すると背の低い女の子が迎えてくれた。

武器屋っていえばドワーフだけど、ドワーフかな？　普通の子供かな？

判断に悩むところだ。

「あら、フィナちゃんいらっしゃい。ナイフでも研ぎに来たの？」

「いえ、今日はユナお姉ちゃんの案内です。武器が欲しいそうなので、ゴルドさんを紹介しに来ました」

「あら、お客様を案内してくれたのね。ありがとうね」

「ユナお姉ちゃん。ゴルドさんの奥さんのネルトさんです」

はい、ドワーフで決定！

もしくは、ロリコンの犯罪者です。

「あんた、わたしのこと変な目で見なかったかい？」

「いえ、もしかして、ドワーフなのかなと思って」

「そうだよ。ドワーフだよ。もしかして、ドワーフを見たことないのかい？」

「はい、初めてです」

合法です。

わたし、女だから関係ないけど。

もし、わたしじゃなく、ロリコンがこの世界に来たらドワーフ危なかったな。

「それじゃ、仕方ないね。珍しい格好をしたお嬢さん」

「ユナです。よろしくお願いします」

「それで、どんな武器が欲しいんだい？」

「まだ決まっていないので武器を見せてもらってもいいですか？」

「もちろん、いいわよ。旦那は今、手が離せないから会うことはできないけど、ゆっくり見ていって構わないよ」

店の奥でカンカンと音が聞こえる。

仕事をしているのだろう。

まあ、剣を買うだけなので会う必要はない。

フィナは残念そうな顔をしている。

会いたかったのだろう。

わたしは許可をもらったので店の中にある武器を見ていく。

近くにある剣を取ってみる。
重く……ない？
試しにクマの手袋を外して持ってみる。
はい！　持てませんでした！
持ち上がりますが、持ち上がるだけです。振り回すことなんてできません。
改めてクマの手袋をつけて剣を持つ。
軽い……。
もう、クマなしでは生きていけません。
ついでに、クマの観察眼を使ってみる。

　鉄の剣
　スキル：なし

他の剣も同じように確認していく。

　鉄の剣
　スキル：なし

鉄の剣
　スキル：なし
鉄の剣
　スキル：なし

同じものしかない。違うのは形や長さぐらいだ。

それにスキルがなしとか、普通の剣だとみんな、こんなものなのかな。

悪いものは売っていないけど、掘り出し物も見つからない。

ゲームや小説なら、伝説の錆びた剣とかあるんだけど。

せっかくの観察眼のスキルが役に立たない。

とりあえず、片手で持ちやすそうな剣を選ぶ。

鉄の剣
　スキル：なし

どれがよいのか分からないので、見た目がよさそうなこの剣に決める。

「あと、ナイフも見たいんだけど」

「解体用かい？」

「それもあるけど、投げナイフかな」

石の代わりに投げたい。

ネルトさんは小さなナイフを見せてくれる。

「100本ありますか？」

「そんなにかい？」

「はい、なかったらある分だけください」

「あるけど、ちょっと待っておくれ。奥にあるから持ってくるよ。でも、100本も使うのかい？」

「魔物を倒すのに便利だから」

「いくら投げナイフが安いからって買いすぎじゃないかい？」

「安いの？」

「投げナイフは、基本使い捨ての場合が多いからね。鉄くずで作るんだよ。想像してごらん。森の中では、魔物と動きながら戦う。投げナイフが獲物に突き刺さっているならともかく、弾かれたり、外れたり、刺さったあと落ちるかもしれない。そうしたら、どこに投げナイフが落ちているかなんて分からないだろう。だから、基本投げナイフは使い捨てなのさ。それで解体用なのかいと聞いたんだよ。もちろん、戦闘用のナイフもあるよ」

わたしがナイフの種類について知らないと思ったのか、こと細かに教えてくれる。

とってもありがたい。

「あと、一応、解体用のナイフもください」

「あいよ」

投げナイフよりも切れ味がよさそうなナイフが出てくる。

必要ないかもしれないけど、あって困るものではないので購入しておく。

「えーと、全部で……」

指定された金額を白クマの手袋から取り出す。

お金を受け取るとネルトさんは奥の部屋から数回に分けてナイフを持ってくる。

「それで、いつ取りに来る？」

「今、持って帰りますよ」

クマの口の中に100本のナイフをしまっていく。

最後に剣と解体用のナイフをしまう。

「そのクマの人形、アイテム袋なのかい？」

驚いたようすでクマを見てくる。

「アイテム袋？」

聞きなれない言葉に首を傾げる。

「アイテム袋はアイテム袋さ。袋によって制限があるが、ものを入れて運べる便利な袋さ。

商人やわたしたち鍛冶屋のような重い荷物を扱う人間にとっては便利な袋さ」

「アイテム袋は珍しいの？」

「そんなことも知らないのかい」

「これは運営からのもらい物なんです。だから、ちょっと知らなくて」

「気前がいい人もいたんだね。珍しいかいと聞かれれば、とくに珍しいものじゃない。アイテム袋の価値は入る量によるからね。ピンキリだけど、ものが入る量が多いほど価値は高くなっていくよ。ただ、嬢ちゃんのみたいなクマのアイテム袋を見たのは初めてだから驚いたのさ」

このクマ、アイテム制限あるのかな？

まあ、入らなくなったら別のアイテム袋を買えばいいだけだ。

ネルトさんと話していると、フィナが不思議そうに話しかけてきた。

「でも、ユナお姉ちゃん、そんな便利なものがあったのなら、ウルフを運ぶとき、使えばよかったんじゃない？」

ウルフの素材を時間をかけて運んできたことを思い出したのだろう。

「あのときは、迷子になっていて混乱してたから忘れてたのよ」

言葉が思い浮かばず、その場を誤魔化す。

実際に異世界に来たばかりで混乱をしていたのは事実だ。

剣と投げナイフ、解体用のナイフを購入したので武器屋を出る。

次は洋服（下着）を買いに行こう。

8　クマさん、買い物をする

「ユナお姉ちゃん」

「なに？」

「どんな服が欲しいの？」

「とりあえず、この服の下に着るものかな」

クマの服を引っ張ってみる。

この下は下着姿だ。

せめてシャツは欲しい。

「その……高い店と安い店があるの」

「どっちでもいいけど、どう違うの？」

「高い店は貴族様が着るような服の店なの。入ったことはないけど、値段が高いから品物はいいみたい。安い店は普通の市民が買える値段で売ってるの。あと他に古着を売っている店もあるけど。たまに掘り出し物もあるからわたしは見に行くよ。どうする」

個人的には高い店に行ってもいいけど、フィナが高い店を説明するときの顔が、あまりいい感じじゃなかった。なにかあるのかな？　お客を選ぶとか。改めて自分の姿を思い浮かべると、入店を断られる可能性がある。なら、普通の店でいいかな。

古着は今回パスする。

「とりあえず、普通の店に案内してくれない？　他の店はあとで考えるから」

フィナに案内され、洋服屋に着く。

中に入ると、20代半ばの女性が迎えてくれる。

わたしの服装を見て一瞬呆けた顔になるが、すぐに笑顔に戻って対応してくれる。

「いらっしゃいませ。本日は、どのような服をお探しでしょうか」

「下着と服を少しね」

「下着はあちらの奥になります。ちなみにお客様が着ているような服はうちには……」

こんな服が何着もあってたまるか！

「適当に見せてもらうからいいよ」

店員から離れて、フィナと奥に行く。まずは下着だ。

クマさんパンツから卒業しなくてはならない。

そのあとにフィナに聞いて目立たない服を選んでもらう。

結果から言えば、下着のパンツは買いました。

服はクマの下に着られるようなシャツみたいなものや普段着を買った。

「フィナ、ありがとうね」

「いえ、買えてよかったです。このあとどうしますか？」

「本屋か、図書館かな？　この街にある？」

「本屋はありますが、図書館はないです。王都にはあるみたいなことを冒険者さんが言っているのを聞いたことがありますけど」

「じゃ、本屋さんかな。でもその前にお昼食べよう。どこかオススメある？」

「えーと、どこでもいいの？」

「いいよ」

「それなら、ユナお姉ちゃんが泊まっている宿の料理が食べたいです。あそこの食事が美味しいって聞きましたから。わたし食べたことがないから」

「宿？」

「はい、泊まっている冒険者さんは仕事でいないことが多いので、昼は一般のお客さん相手に商売をしているんです」

「そうなんだ。それじゃ、行こうか」

　フィナは嬉しそうに宿に向かう。

　宿に着くと、中はお客で賑わっていた。

いい匂いが食堂の中に漂っている。

「いらっしゃいませ。あれ、ユナさん。もう、お帰りですか？」

空になった皿を運んでいるエレナさんがわたしたちに気づいて接客をしてくる。

「お昼を食べにね」

「お昼は別料金になりますが」

「大丈夫。それで席は2つだけど空いてる？」

「それが今、満席で。少したてば空きます」

だよね。なら、部屋で食べればいいかな。

「料理はすぐできる？」

「はい、それは大丈夫です。だいたい、作り終わっていますので」

「なら、わたしの部屋で食べていい？」

「はい、構いません」

「じゃ、フィナ、好きなものを注文していいよ」

「本当にいいの？」

フィナが遠慮がちに言う。

「いいよ。食べ終わったら本屋さんに案内してもらうんだから。ちゃんとした報酬だよ」

「ありがとうございます。それじゃ……」

料理を頼んだわたしたちは部屋に戻る。

そして、部屋でしばらく待っていると、エレナさんが料理を運んできてくれる。

「お待たせしました」

「ありがとう」

食事をエレナさんから受け取る。湯気が立っていて美味しそうだ。

「食べ終わったらお皿を下に持ってきてくれると助かります」

「了解。食べ終わったら持っていくよ」

「すみませんが、お願いします」

テーブルの上に美味しそうな料理が並ぶ。

ふかふかのパンに肉料理、サラダもある。

そういえば、この世界、お米はあるのかな。

日本人だから、お米、醤油、味噌は欲しいな。

まだ、2日目だから大丈夫だけど、絶対に欲しくなるよね。

「フィナ、温かいうちに食べようか」

「はい」

フィナは嬉しそうにパンを掴む。

「パンが柔らかいです〜。肉も美味しいです」

「うん、美味しいね」

フィナの食べる手が止まる。

「どうしたの？」

「あの」

「なに？」

「この料理、半分持って帰ってもいいですか？」

「どうして？」

「うちに妹とお母さんがいるんです。食べさせてあげたくて」

そう言うとジッと料理を見ている。

わたしにはそう思える家族はいないけどフィナの気持ちは大事にしたい。

「いいけど、それは食べて。あとで2人の分、ううん、3人分注文してあげるから家に帰ってからみんなで食べて」

「いいの？」

「今日は特別。明日はしないよ。だから気にしないでいいよ」

「うん、ありがとう。ユナお姉ちゃん」

料理を食べ終わり、空になったお皿をエレナさんに持っていく。そのときに夕飯の時間に3人分の料理を持ち帰りできるように頼んでおく。

お腹が膨れたわたしたちはさっそく本屋に向かう。

方角は武器屋とは反対みたいだ。

相変わらず、通行人の視線がわたしに向いているが気にしないで進む。

買った服を着ることも考えたがギルドの件もある。安全が分かるまでこのクマの装備は脱げない。

本屋に着く。

中に入ると店の中に本が大量に積まれている。

棚に入りきらない本が床に山積みになっているみたいだ。

これは探すのに一苦労しそうだ。

「いらっしゃい」

年配の女性が声をかけてくる。

「お婆ちゃん、これって整理しないの？」

「ああ、どこになにがあるか分かるからいいんじゃよ。おまえさんも欲しい本があれば言ってみぃ」

「ほんと？　それじゃ、この世界のモンスターが書いてある本と、魔法の本、地図もあると助かるかな」

「ちょっと待っておれ」

お婆ちゃんは狭い店の奥に行ってしまう。

しばらく待つと、お婆ちゃんが本を持って戻ってくる。

「これとこれがモンスターの本じゃ」

２冊渡される。

「こっちは普通のモンスターが書かれている。こっちは伝説級のモンスターが書かれている。こっちはいらんかのう」

「両方ちょうだい」

「そうか。そして、これが魔法の本じゃ。初心者用しかない」

「それもちょうだい」

「地図はこの街周辺のみじゃ、もっといいものは王都に行かないと手に入らない」

一枚の紙を渡される。

「それでいいよ」

お金を払い店を出る。

もっと時間がかかると思ったらお婆ちゃんのおかげで数分で終わってしまった。

これで、最低限の目的は終わった。

「ユナお姉ちゃん、次はどうするの」

少し悩んで。

「そうね。フィナのおかげで欲しいものは揃(そろ)ったし、宿で本を読むことにするよ。それに、フィナもあっちこっち歩いて疲れたでしょう」

わたしはクマの靴のおかげで疲れはない。でももし靴がなかったら、引きこもりの体力では武器屋で疲れて倒れていただろう。

「全然大丈夫だよ」

だが、フィナは元気だった。

流石に引きこもりとは違う。

「それで、フィナはどうする」

「早いですけど、エレナさんに料理をもらったら帰ります」

「そう、じゃ、今日の依頼料ね」

銀貨を一枚渡す。

「いいの？　夕飯まで頼んでもらっているのに」

「だから、今日だけよ」

「ありがとう、お姉ちゃん」

宿屋に着くとフィナと別れ、夕飯まで時間があったので一人部屋に戻る。

クマボックスから本と地図を取り出す。

まずは地図を見てみる。

これがわたしが最初にいた森だよね。

街から少し離れた位置に森がある。

森とは反対側の道を進んでいくと王都があるみたい。

いまいちこの地図だと距離感が分からないけど、遠いのかな？

今度、王都に行ってみるのもいいかも。

周辺には村がいくつかあるみたいだ。

目ぼしいところは頭に叩(たた)き込む。

もっと細かい地図があるといいな。

ゲームみたいなマッピング機能があれば便利なんだけど。

次に魔法の本を取り出す。

初級魔法とタイトルに書いてある。

中級とか上級もあるのかな？

王都に行けば売っているのかな？

ページをめくり読んでいく。

ふむふむ。

うんうん。

なるほど。

「とりあえず、やってみよう。まず、魔力を集めます」

ゲームと同じような感覚でやってみる。

ゲームのときは手に魔力を集め、呪文(じゅもん)を唱えると発動できた。

右手に集めれば右手で、左手に集めれば左手で魔法の発動ができるようになる。

知り合いの知り合いの両利きのプレイヤーは、魔法を左右で上手(うま)く使い分けているのが話題になったものだ。

わたし？　一般的な右利きですよ。

なので、右手に魔力を集めてみる。

集まったときに呪文を唱える。

「ライト」

部屋の中に光の玉？　……が浮かび上がる。

魔法ができた感激よりも光の玉の形が気になって仕方ない。

間違いない、あの光の玉、球体ではない。

クマの顔の形をしている。

嫌な予感がしてステータスを開く。

名前：ユナ
年齢：15歳
レベル：8
スキル：異世界言語、異世界文字、クマの異次元ボックス、クマの観察眼
魔法：クマのライト
装備

右手：黒クマの手袋（譲渡不可）
左手：白クマの手袋（譲渡不可）
右足：黒クマの靴（譲渡不可）
左足：白クマの靴（譲渡不可）
服：黒白クマの服（譲渡不可）
下着：クマの下着（譲渡不可）

スキルとは別に魔法の項目が追加されている。

クマのライト
クマの手袋に集まった魔力によって、クマの形をした光を生み出す。

えーと、クマの手袋ってことは、これがないと魔法使えないの？
試しにクマの手袋を外して、先ほどと同じようにライトを唱えてみる。
予想どおり光が出ることはなかった。
もう、クマとは一心同体だ。
つぶらな瞳をしたクマの手袋を嵌めなおす。
攻撃魔法の練習もしたいが流石に宿の中ではできない。

今日は魔法の本を読んで知識を入れるだけにする。

夕飯の時間に一階に下りて、美味しくいただく。

風呂に入り、白クマに変身して、本日の疲れを取るためにベッドに潜り込む。

「おやすみ――」

9　フィナとクマさん　その1

お母さんの薬がなくなりました。

もう、薬を買うお金はありません。

家にはお母さんと3つ下の妹がいます。

お父さんはいません。

妹がお母さんのお腹（なか）にいるときに亡くなったそうです。

あまり覚えていません。

お母さんは病気で働けません。

わたしが代わりに頑張って働いてます。

でも、10歳のわたしにできる仕事はあまりありません。

たまにギルドでゲンツおじさんのお手伝いで魔物の解体の仕事をさせてもらっています。

ゲンツおじさんはお母さんの知り合いだそうです。

いつもやさしくしてくれます。

この前もお母さんの病気に効く薬をくれました。

その前も……。

これ以上お世話になるわけにはいきません。

病気のお母さんのためにも、街の外に薬になる薬草を採りに行くしかありません。

ギルドで薬草は何度も見ています。素材は分かります。

街の外に出ました。

まっすぐに薬草がある森に向かいます。

奥に行くと魔物がいますので森の入り口近くで探すことにします。

なかなか見つかりません。

少し奥に行くことにします。

ありました!

これでお母さんに薬を飲ませてあげることができます。

薬草採りに夢中になっていて気づきませんでした。

3匹のウルフに囲まれていました。

倒すことはできません。

逃げます。

足が震えて転びました。

もう、だめです。

「誰か、助けて……」

ウルフが近づいてきます。

もう、だめかと思った瞬間、３匹のウルフが悲鳴を上げて倒れました。

それも一瞬で。

どうして？

森の中から黒い格好をした人（？）が出てきました。

なぜか、クマの格好をしています。

「大丈夫？」

声をかけられました。

「……あ、ありがとうございます？」

「なんで、疑問形？」

助けてくれた人は可愛いクマの格好をした女性でした。

「わたしを食べますか？」

それで、なんとなくそんな言葉が出てしまいました。

「食べないよ」

「クマさんですか？」

わたしのさらなる変な質問に対して、可愛らしいクマの格好した女性は、頭に被っていたフードを取ってくれました。

フードから綺麗な長い髪が出てきました。
あまりにも綺麗なので驚きました。
こんな美人さんは見たことがありません。
ユナお姉ちゃんは他の国から来て森の中で迷子になっていたらしいです。
偶然の出会いに感謝です。
助けてもらったお礼として街まで案内することになりました。
ユナお姉ちゃんがウルフをそのままにして歩きだそうとします。
待ってください。
ウルフの肉も毛皮も売れます。
肉はと――――――っても美味しいです。
わたしがそう説明すると、ユナお姉ちゃんは解体ができないと言います。
どこかのご令嬢でしょうか。
あのクマさんのフードの下に隠れている美しさを見れば納得です。
ユナお姉ちゃんの許可をもらい、ウルフの解体をします。
しかも、売った金額の半分をくれるそうです。
数日分の食費になります。
とっても嬉しいです。
解体が終わり、街に帰ります。

ユナお姉ちゃんは知らないことが多いみたいです。
いろいろ聞いてきます。
やっぱり、どこかの貴族のご令嬢なのかもしれません。
街に入り、ギルドにウルフの素材を売りに行きます。
ゲンツおじさんに叱(しか)られました。
心配をかけたのですから仕方ありません。
ウルフの毛皮と腐らない程度の肉を残して売りました。
もちろん、ユナお姉ちゃんに、肉を持ち帰る許可はもらいましたよ。
久しぶりにお肉が食べられます。
ユナお姉ちゃんに感謝です。
ウルフを売ったお金の半分をユナお姉ちゃんに渡そうとします。
でも、受け取らずに宿に案内してほしいとお願いされます。
ユナお姉ちゃんにお礼を言って宿に案内します。
場所は家とギルドの間にあります。
いつも、食事時になるといい匂(にお)いがしてきます。
評判もいいので案内することにします。
宿に着くまでの間、注目を浴びました。
ユナお姉ちゃんの格好が珍しいのでしょう。

わたしでもそんな変な格好の人が街の中を歩いていたら間違いなく見ます。
少し恥ずかしいですが、ユナお姉ちゃんは命の恩人であり、依頼主です。
これぐらいの注目、なんでもありません。
宿に案内をしてお礼を言って家に帰ります。

薬草から薬を作ります。
専門家ではありませんから高品質には作れません。
でも、お母さんの病気を少しは抑えることができます。
久しぶりの肉料理で栄養をつけます。
お金も手に入りました。
明日から少し栄養がいいものを買えそうです。
ユナお姉ちゃんに感謝です。
翌日、朝早く目が覚めます。
いつもの日課です。
ギルドに行って解体の仕事があるか聞くのです。
通り道に、ユナお姉ちゃんを案内した宿があります。
もう一度、お礼が言いたいな。
でも、宿に入ると迷惑になるかもしれないし。

そんなことを考えていると、黒いクマさんが出てきました。

ユナお姉ちゃんです。

もう一度、お礼を言いました。

逆にいい宿を紹介してくれてありがとうってお礼を言われてしまいました。

ユナお姉ちゃんはギルドにギルドカードを作りに行くそうです。わたしも行くので一緒に行くことになりました。

手を繋(つな)ぎたかったけど我慢しました。

あのクマさん、柔らかそうです。いつかは握ってみたいです。

ギルドに着くと、わたしはゲンツおじさんのところに行くため、ユナお姉ちゃんとは別れます。


残念ながら仕事はありませんでした。

諦(あきら)めて帰ろうと思っているとギルドの中が騒がしくなっています。

聞こえてくる声からすると、ユナお姉ちゃんと冒険者が戦うそうです。

なんでそうなったのでしょうか。

慌てて訓練場に向かいます。

すると、笑顔でユナお姉ちゃんが駆け寄ってきます。

ナイフを貸してほしいと言われたので貸すことにします。

断る理由はありませんから。

試合が行われました。

ユナお姉ちゃんの圧勝でした。

クマパンチ凄かったです。

ナイフも必要ありませんでした。

試合が終わるとナイフを返してもらいます。

ユナお姉ちゃんはギルドカードを作るためにギルドの中に入っていきます。

心配なのでギルドの外で待っています。

今度はトラブルもなく出てきました。

よかったです。

今日は仕事がないことをユナお姉ちゃんに伝えると、街の案内を頼まれました。

しかも報酬をくれるそうです。

もう、ユナお姉ちゃんに足を向けて寝ることはできません。

家に帰ってベッドの方角を確認しなくてはいけません。

まず、武器屋に行きました。

ユナお姉ちゃんは剣と、ナイフを１００本買いました。

お金持ちみたいです。

あと、あのクマさんの手袋はアイテム袋みたいです。

驚きです。

次に服屋に行きました。

あのクマさんの服、とても可愛くていいと思うんだけど着るのやめちゃうのかな。

次に昼食になりました。

食べる場所を選んでいいというのでユナお姉ちゃんを案内した宿屋で食べたいと言いました。

とても美味しかったです。

さらにお母さんや妹の夕飯分まで頼んでくれました。

昼食が終わったあと、本屋に行きました。

本を数冊選び、本日の案内が終わりました。

意外と早く終わってしまいました。

ユナお姉ちゃんは宿に帰って本を読むそうです。

午後の予定が空いてしまいました。

宿で夕飯をもらい、早めに家に帰ることにしました。

お母さんも妹もとても喜んでくれました。

明日もいいことがあるといいな。

10 クマさん、魔法の練習をする

朝早く起きて、食事を食べてから街の外へ向かう。

宿でできなかった魔法の練習をするためだ。

「おお、こないだの変な格好した嬢ちゃん。外に行くのか?」

門兵がわたしを見ると近寄ってくる。

確か、先日街に入るときにお世話になった人だ。

「うん。はい、ギルドカード」

ギルドカードを見せて、水晶板に翳す。

街の外に行くときもカードを見せて水晶板に翳さないといけない。

街への出入り口である門で犯罪者でないか確認するためだ。

「冒険者になったんだな。うん、なんだ〝職業:クマ〟って?」

カードを見て聞いてくる。

「そこはスルーして」

「まあ、間違ってはいないな」

そう言って、わたしの頭を撫でる。

「おお、このクマ、触り心地がいいな」

「もう、やめてよ」

手を払いのける。

「おお、すまんすまん。外は危ないから気をつけろよ」

「ちょっと外で魔法の練習をするだけだから」

「そうか。まあ、森の近くに行かなければ魔物にも遭わないが、たまに、はぐれた魔物が来るからな」

「うん、分かった」

ギルドカードをクマボックスにしまい、外に出る。

しばらく歩いて人気がないのを確認する。

まず、本に書いてあった身体強化の魔法を使ってみる。

それほど難しいことではない。

体全体に魔力を流せばいいらしい。

ゲーム時代なら戦士、剣士などの戦闘系が使っていたスキルだ。

効果が続く時間は短いが、力がアップするため、戦闘系には人気があるスキルだった。

魔力を体に流してみる。

試しに走ってみる。

おお、速い。

ジャンプをしてみる。

「わあああああ」

軽く10ｍは飛んだ。

着地をするが痛くない。

身体強化のおかげかな。

いろいろと確かめてみる。

身体強化を使った場合と使わない場合。

ダッシュ、ジャンプ、クマパンチ、クマキックと確かめていく。

威力が間違いなく上がっている。

ステータスを確認してみる。

名前：ユナ

年齢：15歳

レベル：8

スキル：異世界言語、異世界文字、クマの異次元ボックス、クマの観察眼

魔法：クマのライト、クマの身体強化

装備
右手：黒クマの手袋（譲渡不可）
左手：白クマの手袋（譲渡不可）
右足：黒クマの靴（譲渡不可）
左足：白クマの靴（譲渡不可）
服：黒白クマの服（譲渡不可）
下着：クマの下着（譲渡不可）

……………クマの身体強化？

クマ？

クマの身体強化
クマの装備に魔力を通すことで身体強化を行うことができる。

無言でステータス画面を閉じる。
見なかったことにして、次の魔法を練習することにする。
クマの身体強化の件はスルーして、攻撃魔法を練習できる場所を探す。

森の入り口の近く。

えーと、ここでいいかな。

この世界で魔法を使う方法は、

1、魔力を集める

2、使いたい魔法のイメージを作り上げる

3、呪文(じゅもん)

ゲームの場合、

1、魔力を集める

2、呪文(じゅもん)

ゲームのほうが簡単だ。

魔力を集めて呪文を唱えるだけだから。

魔力を集めて「ファイヤー」と唱えるだけで魔法が発動する。

この世界だとイメージが必要になる。

でもイメージならいろいろなゲームや漫画、小説を読んできたわたしに死角はない。

魔力を手に集める。

燃え盛る火の玉をイメージする。

「ファイヤーボール」

はい、簡単にできました。

クマの口に火の玉が咥えられています。

熱くはありません。

クマも燃えません。

腕を伸ばし、飛ばすイメージを加える。

目標を10m先の岩にする。

クマの口から火の玉が飛び出し、岩にぶつかって岩を破壊する。

試しに魔力を集めてイメージだけでファイヤーボールを作る。

無詠唱でもできることが確認できた。

でも、口で「ファイヤーボール」と叫んだほうがイメージがしやすく、発動も速かった。

ゲームでも発動には呪文が必要だったし、呪文を叫んだほうが魔法を発動しやすい。

次に水の魔法を使ってみる。

「ウォーターボール」

火と同じようにクマの口に水の玉が咥えられている。

岩に向けて水の玉を放つ。

岩にぶつかると岩が少しだけ破壊される。

火のほうが威力があるみたい。

なら、水を凍らせてみる。

先が尖るイメージで作り出し、岩に向けて放つ。

クマの口から氷の槍が飛び出し、岩を破壊する。

火は森の中では使えないから氷は便利だな。

火、水ときたら、あとは風と地かな。

クマの手に風を巻きつかせて、

「エアカッター」

風の刃を飛ばす。岩が切れました。真っ二つです。

次は地の魔法です。

地魔法は防御系かな。

ゲームのときは地の魔法といえば、その場にある地面を使って壁を作り、敵の攻撃を防いでいた。

クマに魔力を集め、地面に手をつく。

壁を作るイメージを思い描く。

「ウォールシールド」

土が盛り上がり、壁ができ上がる。

強度は分からないけど壁が作れた。

これで火、水、風、地、4属性制覇だ。

ステータスで確認してみる。

名前：ユナ
年齢：15歳
レベル：8
スキル：異世界言語、異世界文字、クマの異次元ボックス、クマの観察眼
魔法：クマのライト、クマの身体強化、クマの火属性魔法、クマの水属性魔法、クマの風属性魔法、クマの地属性魔法

装備
右手：黒クマの手袋（譲渡不可）
左手：白クマの手袋（譲渡不可）
右足：黒クマの靴（譲渡不可）
左足：白クマの靴（譲渡不可）
服：黒白クマの服（譲渡不可）
下着：クマの下着（譲渡不可）

やっぱり全てにクマがついている。

クマの火属性魔法
クマの手袋に集まった魔力により、火属性の魔法を使うことができる。
威力は魔力、イメージに比例する。
クマをイメージすると、さらに威力が上がる。

クマの水属性魔法
クマの手袋に集まった魔力により、水属性の魔法を使うことができる。
威力は魔力、イメージに比例する。
クマをイメージすると、さらに威力が上がる。

クマの風属性魔法
クマの手袋に集まった魔力により、風属性の魔法を使うことができる。
威力は魔力、イメージに比例する。
クマをイメージすると、さらに威力が上がる。

クマの地属性魔法

クマの手袋に集まった魔力により、地属性の魔法を使うことができる。
威力は魔力、イメージに比例する。
クマをイメージすると、さらに威力が上がる。

結論から言うとクマがないと魔法が使えない。
もう、分かっていました。
すでに諦(あきら)めている。
でも、気になる一文がある。
〝クマをイメージすると、さらに威力が上がる〟
〝クマをイメージする〟って。
試しに、クマの形をした炎をイメージしてみる。
目の前に真っ赤に燃えるクマの炎ができる。
「えーと」
とりあえず、大きな岩に向かってクマを放つ。
岩が溶けてます。
溶岩です。
危険です。
この魔法は封印です。

山火事になったら大変だから水をかけて鎮火させる。

普通の水では消えなかったためウォーターベアーを作り、やっとのことで溶岩を消すことができた。

危ない、危ない。

少し休んでいると、森から草木を掻き分ける音が聞こえてきた。

現れたのはウルフが一匹。

魔法の練習相手が来ました。

火属性の魔法では森を燃やすかもしれないので、水属性の魔法を使う。

魔力を集め、細い氷をイメージする。

「アイスアロー」

ウルフの頭に突き刺さる。

頭に氷が突き刺さったウルフは動かなくなる。

やっぱり、このクマさん命中補正効果絶対にあるよね。

こないだの石といい、狙いを定めたところに必ず当たる。

便利だからいいけど。

ウルフに近づき死骸をクマボックスにしまう。

解体はできないが今のわたしにはクマボックスがある。

「ウルフか……」

少し悩んで森の奥へ行くことにする。

魔法の練習にはいいかも。

ゲームでも初期プレイヤーの練習相手だった。

クマの靴の力を使って森を走りだす。

靴に魔力を流すと速度が上がり、ジャンプ力も上がる。着地もクマの靴のおかげで衝撃がない。

便利すぎるぞクマ装備！

森の中を走りぬけ、時折、ジャンプをしてウルフを探す。

ジャンプして下を見るとウルフの群れがいるのが見えた。

「多いかな」

無理だったら逃げればいいか。

ウルフの群れの中心に着地する。

同時に氷の矢を3本作り放つ。

3本ともウルフの脳天に突き刺さる。

3本同時までOK。

後ろからウルフが襲いかかってくる。

「ウォールシールド」

土の壁を一瞬で作り上げる。ウルフは土の壁に衝突する。

その瞬間に別の一匹が右から襲ってくる。

「クマパ～ンチ」

ウルフが吹っ飛ぶ。

また、別のウルフが襲ってくる。

「さらにクマパンチ」

ウルフが飛ぶ。

距離ができたので改めて魔法を使う。

間違いなくクマパンチも威力が上がっている。

「エアカッター」

ウルフが真っ二つになる。

血飛沫（しぶき）が飛ぶ。

うん、これは気持ちがいいものではないな。

半分ゲーム感覚だけど実際は現実なんだよね。

エアカッターは使わないでおこう。

倒すなら氷でいいかな。

でも、いつかは慣れないといけないと思う。

嫌なことはあとで考えることにして、今日は魔法の練習をする。

まだ、周りにはウルフがいるのだから。

高くジャンプする。

氷の矢をイメージできるだけ作り出す。

数十本の矢ができ上がる。

地面で吼えているウルフに狙いを定めて群れに向かって放つ。

流石に脳天に直撃はしないが、体に突き刺さる。

一瞬で数十匹のウルフが倒れる。

地面に着地して近くの一匹にクマパンチをする。

魔法とパンチを繰り返していく……。

戦いは終わった。

地面には無数のウルフの死骸が転がっている。

それを一つ一つ、クマボックスに入れていく。

ゲームみたいに消えてアイテム化してくれるとよかったんだけどな。

魔物を倒すことに迷いはない。

ゲームでもしてきたことだ。

問題は倒したあとの血まみれのウルフの死骸だ。

ここだけがゲームと違うとこ。

ウルフの死骸(しがい)は全部で40匹ほどあった。

精神的に疲れたので、本日の魔法の練習は終了にして街に帰ることにした。

11　クマさん、冒険者ランクEになる

街に戻ってきて、まっすぐにギルドに向かう。

門兵のおっちゃんに、また頭を撫でられる。

子供扱いをするのはやめてほしいものだ。

ギルドに入ると、冒険者の視線が一斉にわたしに集まる。

でもわたしが冒険者のほうを見ると、みな視線を逸らす。

誰もなにも言ってこないので受付に向かう。

「ユナさん、本日はどのような用件ですか」

ヘレンさんが声をかけてくれたので、ヘレンさんの受付に向かう。

「森でウルフを倒したんだけど、この場合どうしたらいいのかな。もし、ボードに依頼書があったら、それを受けて、すぐに依頼成功になるの？」

「はい、ウルフ討伐は常設依頼なので随時受け付けています。ただし、肉、毛皮も必要になります。肉などは食堂、一般家庭の食卓に並び、この街の食料源になります。毛皮は服などに使われますのでギルドでは常設依頼になっています」

「それじゃ、そのウルフの依頼お願いできる?」

「はい、ウルフ一匹でFランクになります。3匹でEランク扱いになっています」

「あれ、ウルフを倒せばEランク程度の実力があるって言ってなかったっけ?」

「はい、すみません、正確には3匹以上になります。一匹では戦闘技術は認められませんから」

「そうなの。まあ、とりあえず40匹あるからお願い」

「………えーと、ユナさん。今なんと」

「40匹ほどあるからお願い」

わたしがそう言うと、後ろでヒソヒソ声が聞こえてくる。

「ウルフを40匹だとよ」

「冗談だろ」

「どうやったら、一人で倒せるんだよ」

「でも、あのクマ、例のクマだろ」

「あのクマだろ」

「ならありえるじゃないか」

「あのクマなら可能だろ」

「俺は見てないからな、戦うクマ」

「俺は見た。あのクマには逆らうな」

「俺はクマと戦った。死ぬからやめておけ」

などと言っている。

「失礼ですが、どこにあるのでしょうか。魔石だけでは認められませんが」

「解体はしてないけど、ちゃんとアイテム袋に入っているよ」

「アイテム袋を持っているんですか？　しかも、ウルフが40匹も入るほどの大きさの。それじゃ、すみませんが、隣の建物に来ていただいてもよろしいでしょうか」

ヘレンさんに案内されて隣の建物に向かう。

後ろから数人の男たちがついてくる。

見物人だろうか。

連れてこられた場所はこないだフィナとウルフの素材を売った場所だ。

ゲンツさんは見当たらない。別の男性が出迎えてくれる。

休みなのか奥にいるのかはここからでは分からない。

「ヘレンさん、どうしましたか」

男性職員がヘレンさんに気づいてこちらにやってくる。

「ウルフを持ってきましたのでよろしいですか」

「大丈夫ですよ。倉庫のほうもなにも解体していませんから」

「それじゃ、ユナさん、こちらにお願いします」

クマボックスからウルフの死骸を取り出していく。

分かったことが一つ。

白クマの口に手を入れなくても取り出せることが判明した。

白クマの手をカウンターに翳(かざ)し、出したいアイテム(ウルフ)を思い浮かべると出てくる。

これは便利。

触らないでいいのは嬉しい。

後ろのほうでは、

「本当にウルフ40匹だぞ」

「流石(さすが)クマだ」

「あのクマに関わるとウルフみたいになるぞ」

「俺は殴られてみたい」

「俺は踏まれたい」

最後の2つの言葉は全力でスルーしよう。

「これで、全部かな」

「ユ、ユナさん、これ全部本当に一人で倒したのですか?」

「魔法の練習ついでにね」

「はぁ、ついでですか」

ヘレンさんはウルフを数える。

「全部で42匹ですね」

「肉の状態も毛皮の状態もいいみたいですね。あと魔石も買い取らせてもらいますがよろしいですか？」

「かまわないけど、ウルフの魔石なんて使えるの？」

「はい、ウルフの魔石はさほど力はありませんが、いろんな用途で使われますよ。光属性を付加させることで部屋の灯りに使われたり、水属性を付加させることで水を出すこともできます」

ゲームだと武器に付加するのが普通だったから、強力な魔石じゃないとあまり意味がなかったけど、この世界だと一般家庭の暮らしにも魔石が使われているんだね。

「それでは手続きをしますので、もう一度ギルドの中にお願いします」

振り向くと冒険者どもが騒いでいるが、変態発言をした冒険者がいるので無視してギルドの中に入る。

「それではEランク依頼として処理させてもらいますのでギルドカードをよろしいでしょうか」

ギルドカードを渡す。

ギルドカードを受け取ったヘレンさんが改めてこちらを見る。

「一つお聞きしてよろしいでしょうか」

「なに？」

「あのウルフは、一匹ずつ倒したのですか？」

「群れがいたから倒した」

「40匹の群れですか……Dランクの依頼ですね。ちょっとお待ちください。ギルドマスターに相談してきますから」

ヘレンさんは奥に行くとすぐに戻ってくる。

「今回のウルフの討伐をEランク14回の依頼達成としまして、ユナさんをEランクとさせてもらいます」

「そんな簡単でいいの？」

「ギルドマスターの許可はもらいました。Dランクの討伐の依頼を一人で達成したのですから十分にその資格はあります」

「Dランク？」

「はい、30匹以上の群れの討伐はDランクになります」

「まあ、上げてくれるなら断る理由はないからいいけど」

「では、手続きをしますね」

なにかしらカウンターの中で操作をしている。

「まず、こちらが依頼料になります。ウルフの肉、毛皮、魔石の42匹分になります。でも、ウルフが解体されていなかったため2割引かせてもらっています」

フィナが言っていたのはこのことだろう。

普通の冒険者は自分たちで解体をしてから持ってくるらしい。

2割は解体作業費になるのだろう。

フィナにあらかじめ聞いていたので、ヘレンさんの言葉にうなずいて革袋に入ったお金を受け取り、クマボックスの中に入れる。

最後に手続きが終わったギルドカードも入れる。

「これでユナさんはEランクになりましたので頑張ってください」

「ありがと」

買い取りを終えると、一度、宿屋の部屋に戻る。

ウルフを倒し、レベルも上がったと思うので、ステータス画面を呼び出してみる。

名前：ユナ
年齢：15歳
レベル：13
スキル：異世界言語、異世界文字、クマの異次元ボックス、クマの観察眼、クマの探知
魔法：クマのライト、クマの身体強化、クマの火属性魔法、クマの水属性魔法、クマの風属性魔法、クマの地属性魔法

装備
右手：黒クマの手袋（譲渡不可）
左手：白クマの手袋（譲渡不可）
右足：黒クマの靴（譲渡不可）
左足：白クマの靴（譲渡不可）
服：黒白クマの服（譲渡不可）
下着：クマの下着（譲渡不可）

1個スキルが増えた。

クマの探知
クマの野性の力によって魔物や人を探知することができる。

確かゲームのときは盗賊が会得できるスキルだったはず。
こんなスキルまで習得できるクマって。
でも、このスキルで魔物探しは楽になるね。

12　クマさん、またギルドで絡まれる

翌日、依頼を受けるべく朝早くギルドに向かう。

早く行く理由は、よい仕事を見つけるため。

できれば魔法の練習になる討伐系がいい。

さらに言えばウルフ以外がいい。

そんな依頼を求めて朝早く出たわけだ。


街並みをのんびりと眺めながら歩いていると後ろから声をかけられた。

「ユナお姉ちゃん、おはよう」

「フィナおはよう。今日もギルド？」

「はい、ユナお姉ちゃんもギルドですか？」

「まあね、ちょっと仕事でもしてみようかと思ってね」

「そうですか、怪我をしないように気をつけてくださいね」

「フィナも仕事があるといいね」

「はい」

フィナが笑みを浮かべながら手（クマ）を握ってきた。

払いのけることはせずに手を握り返してあげる。

フィナの笑顔がさらに満面になる。

姉妹がいなかったわたしとしてはこんな妹が欲しかったかも。

ニコニコと笑っているフィナと話しながら歩いているとギルドが見えてくる。

「それじゃ、わたし聞いてきます」

「行ってらっしゃい」

フィナを送り出し、ギルドの中に入る。

ボードの前には人だかりができている。

遅かったかな。

一人がわたしに気づき、2人気づき、どんどん広がっていく。

でも声をかけてくる者はいない。

そう思ったら冒険者の格好をした男が近寄ってきた。

「おまえか、デボラネさんを倒した女は」

わたしよりは3、4歳年上だろうか。

「……デボラネ？」

首を傾げる。

記憶にない名前だ。

「誰？」

思いつかないので尋ねる。

「おまえだろう。クマの服を着て、クマの手袋を嵌め、足にもクマの靴を履いている、ふざけた格好をした女って」

確かに、世界中を探しても、こんな格好をしているのはわたしだけだと思う。

他にいたら見てみたいものだ。

「デボラネだっけ、その人のことは分からないけど、そのクマの格好した女ってわたしのことだと思うけど」

「貴様のせいでデボラネさん、怪我をして仕事ができないんだぞ」

わたしが怪我をさせた？

「…………もしかして、わたしにイチャモンつけてきた冒険者？」

思い当たるのはそのぐらいだ。

「そうだ」

ああ、思い出した。一番初めにちょっかいを出してきた男の名前がそんな名前だったはず。

だからといってわたしが文句を言われる筋合いはないんだけど。

ギルドマスターを呼ぶべきかな。

絡まれたら対処してくれるって約束だし。

「デボラネだっけ、そのゴブリンが喧嘩を売って、わたしが買った。そして、そのゴブリンが怪我しただけ。わたしは悪くないよ。それにゴブリンが怪我したぐらいで騒ぐ必要はないでしょう」

「おまえ、デボラネさんをゴブリン扱いにするのか！」

「礼儀がなくて、弱い相手だと強がり、言葉が通じなくて、群れないとなにもできない。どっからみてもゴブリンでしょう」

「ふざけるな！」

うるさいな。

そんなに叫ばなくても聞こえるって。

「あの件なら、あの男が悪いってことで終わったはずだけど」

「デボラネさんがおまえみたいな、変な女なんかに負けるはずがないだろう」

「ランズやめなさい。ギルドマスターから説明があったでしょう。彼女は悪くないって」

20代前半くらいの女性が男とわたしの間に入ってくる。

細身のなかなかの美人さんだ。

「でも、こいつのせいで依頼ができないんだぞ」

「だからって彼女のせいじゃないって分かるでしょう」

「ギル、おまえもなにか言ったらどうだ」

女性の隣に立つ、巨体の男に声をかける。

ギルドマスターなみの筋肉だ。

「デボラネが悪い」

「なんだよ。おまえまでこの変な女の味方かよ」

「話を聞けばデボラネが悪い」

「だからってあそこまでやらなくてもいいだろう」

そんなに酷い状態なのだろうか。

確かに顔が変形するほどにクマパンチをしたけど。

「デボラネが悪いから仕方ない」

「そうよ。もう少しで、ギルドカード剝奪になるところだったんだから」

「それもこいつのせいだろ」

「えーと、３人で話しているなら、わたし行ってもいい？」

「ああ、ごめんなさい。デボラネが怪我したせいでわたしたちも依頼ができなくてランズが怒っているのよ」

「だからってわたしに文句を言われる筋合いはないんだけど」

「それは分かっているんだけど」

「デボラネだっけ、そいつの怪我が治るまで、３人でできる依頼にしたらいいじゃない」

「もう、受けちゃっているの」

「断ると依頼が失敗扱いになるんだよ」

失敗はギルドカードに記録として残ってしまう。

なるべくなら失敗の汚点は、残したくないのだろう。

だからってわたしに八つ当たりされても困る。

ゴブリン（デボラネ）の件は向こうが喧嘩を売ってきたのだからわたしは悪くない。

「諦めたら？」

「ランクが上がるのが遅くなるだろ」

「ユナが冒険者に絡まれていると聞いて来てみればおまえたちか」

「ギルドマスター！」

筋肉達磨がやってきた。

受付の誰かが呼んでくれたらしい。

「デボラネの件はユナは悪くないと教えただろう」

「でも、こいつのせいで依頼ができなくなったんだ」

「それは自業自得だ。デボラネがこいつに喧嘩を売って負けたんだ。おまえたちがデボラネをひとりにして、監督していなかったのが悪い。おまえたちもデボラネが喧嘩っ早いことは知っていただろう」

「そうだけどさ」

「なら、いい方法がある」

ギルドマスターが、わたしを見ながら何か思いついた表情をする。

「なんだ。依頼を取り消しても、失敗をなしにしてくれるのか」

「それは無理だ。一度受けた依頼はなかったことにはできない。断るなら失敗扱いになる」

「それじゃ、いい方法ってなんだよ」

「このユナを連れていけばいいだろう。デボラネよりも強いことは判明しているんだから」

「ちょっと、なに勝手に言っているのよ」

筋肉達磨がとんでもないことを言いだした。

「簡単な話だろ。デボラネの代わりにユナを入れて臨時のパーティーを組めばいいだけだ」

「嫌だよ。どうして、わたしがそんなわけが分からない依頼を受けないといけないのよ」

「それが一番丸く収まるからだ」

「えっと、ユナちゃんだっけ。話だけでも聞いてもらえるかしら」

魔法使いの格好をした女性が話しかけてくる。

どうしたらいいのかな。

ゲームでもパーティー経験が少ないわたしとしてはパーティーは組みたくないんだけど。

ボッチじゃないからパーティー経験はあるよ。

少ないだけだよ。

まっすぐに見つめてくる魔法使いの女性に断る言葉が見つからず、話だけ聞くことになった。

ギルドの一室に、デボラネのパーティーメンバー3人と一緒に入る。

ちなみにギルドマスターは逃げた。

厄介ごとから守ってくれるんじゃなかったのか、あの筋肉達磨。

これも全てデボラネが悪い。

「それじゃ、まず自己紹介をするわね。わたしはルリーナ。そこの、あなたに文句を言ったのがランズ、無口なのがギル」

「わたしはユナ」

一応、挨拶だけはしておく。

「それじゃ、話を始めましょうか」

どうやら、話を聞かないといけない流れみたいだ。

「わたしたちが受けた依頼はゴブリンの討伐なの」

ゴブリンの討伐？

ゴブリンは知能の低い人型の魔物だ。

それって初心者の魔物じゃない？

それをパーティーで倒すとか、このパーティー弱いのかな？

「ただのゴブリンじゃないの。50匹ほどの群れの討伐なの。前線担当のデボラネがいないと辛いのよ」

ゴブリン50匹、ゲームならもちろん雑魚。

今のわたしならどうなんだろう。

ウルフの群れの討伐も簡単だったし。

ゲームでは、ゴブリンとウルフは同レベル扱いだから同じぐらいの強さのはず。

そう考えれば群れでも倒せない魔物ではないな。

「確認するけどウルフの群れとゴブリンの群れってどっちが簡単？」

「依頼内容のランクでいえば同じね。パーティー構成によって得意、不得意はあるから、依頼を受けるパーティーメンバー次第かな。わたしたちはゴブリンのほうが楽かな」

「どうして？」

「ウルフは動きが速いからね。支援する魔法使いがわたしだけじゃ辛いのよ。ゴブリンなら、接近戦のゴリ押しで倒せるからね」

それにしてもゴブリンか。

人型の魔物。

いつかは戦わないといけないし。

ゲームならなにも問題はないんだけど、うーん……。

「貴様のせいなんだ。力を貸せ！」

手を貸してもいいんだけど、デボラネの代わりっていうのも嫌だし、ランズって男も態度が悪いし、ギルって男は黙って見ているだけだし、まともなのはルリーナさんぐらいだし。

引きこもりのわたしとしては、本音を言えば他人と一緒に行動するのが面倒だから手伝いたくない。

でも、怪我を負わせたのは確かだし。

でも、わたしは悪くない。

うむむむ……どうしようかな。

「うーん。条件を言ってもいいかな?」

「わたしたちでできることならいいわよ」

「依頼料の配分か、汚い女だな」

わたしは無視する。

「依頼はわたし一人に任せること。依頼成功はそちらの達成にしてもらっていい。依頼料も全部あげる。だから、デボラネが二度とわたしに関わらないようにしてほしい」

「ユナちゃん、一人に任せるなんて……」

「俺たちに黙って見ていろというのか」

「楽で、いいでしょ? 依頼達成もあなたたちのもの、成功報酬もあなたたちのもの、あなたたちにデメリットはないでしょう」

「貴様が失敗したら、俺たちの失敗扱いになるんだぞ。そんな条件のめるわけないだろう」

「それに、そんな恥ずかしいことできないわ。他人が依頼をこなして、それを自分がやったようにするなんて」

男の言い分も分かる。わたしが失敗すればこのパーティーの失敗扱いになる。

それにルリーナさんの気持ちも分かる。

冒険者として恥ずかしい行いだろうし。

どうしたもんか。

「それじゃ、ルリーナさん一人に手伝ってもらうっていうのは？」

「なぜ、ルリーナ一人なんだ？」

「そんなの決まっているでしょう、この中で一番まともで一番常識があって、一番話が通じて、唯一の女性だし。一番の理由はわたしがあなたと一緒に仕事をしたくないから」

分からないみたいだから、ハッキリと言ってあげる。

「貴様！」

「ランズ、やめなさい」

ルリーナさんがとめる。

「ユナちゃん、一人でゴブリンの群れを倒せるの？」

「できるんじゃない？　ウルフの群れも簡単だったし。逆に仲間がいると魔法の邪魔になるし」

「ユナちゃん、魔法を使えるの？　デボラネは殴り倒されたって聞いたけど」

「魔法は使ってないよ」

正確にはあのときはまだ、魔法は覚えていなかったから使っていなかったのだ。

「だって、弱い敵に魔法は必要ないでしょう。ルリーナさんも小さな虫を殺すのに魔法なんて使わないでしょう」

「………」

ランズもルリーナさんもデボラネを虫扱いされて、みっともなくも口が開きっぱなしになっている。

「本当にできるのか？」

「デボラネ（ゴブリン）が50匹でしょう」

「ゴブリンだよ！」

ランズが訂正する。その横では考え事をしていたルリーナさんが口を開く。

「分かった。わたしがついていく」

「ルリーナ？」

「ギルもそれでいい？」

「構わない」

「それじゃ、ユナちゃん、お願いするね」

「それで、いつ行くの？」

「ユナちゃんがよければ今からでもいいよ」

「別にいいけど、わたしなにも用意していないよ」

「それは大丈夫。本当なら今日の朝一番で出る予定だったから、わたしのほうで討伐の準備はできているわ。だから、すぐに出発できるわよ」

ランズはこちらを黙って睨(にら)んでいるが無視する。

ギルが口を開くことはない。

ルリーナさんと2人でゴブリン討伐に行くことになった。

13 クマさん、ゴブリン討伐をする

ルリーナさんと2人でゴブリンの群れの討伐をするためにギルドを出る。

「一応聞くけど、ユナちゃんはその格好で行くの？」

クマの格好を見て尋ねてくる。

「行くけど」

もう、諦(あきら)めている。

「そうなんだ」

ルリーナさんは、わたしのクマさんの格好を見てため息をつく。

わたしだって好きでクマの格好をしているわけじゃない。このクマ装備を着ないと戦えないからだ。

「ところで、ゴブリンの居場所はどこなの」

「東の門から3時間ほど行った村の近くの山よ」

「3時間！」

「そう、だから、早く行って今日中に村に着きたいの」

引きこもりに3時間も歩けとおっしゃいますか。

クマの靴がなかったら絶対にお断りの距離だ。

「水も食糧も持ってきているから大丈夫よ」

心配しているのはそこではない。

ちなみにわたしが魔法の練習をした森は西の門の先にある。

街を出て3時間も歩くことを考えるとため息が出る。

場所を確認してから引き受ければよかった。

後の祭りである。

憂鬱（ゆううつ）な気分のままゴブリンがいる近くの村へと道を歩きだす。


「えーと、少し聞いてもいいかな？」

「答えられるなら」

「どうして、そんな格好しているの？　ユナちゃんがどれだけ強いのか知らないけど、冒険者ならちゃんとした格好をしたほうがいいんじゃないかな」

誰かしらから絶対に受けると思っていた質問だ。

Q、どうして、そんな格好をしているの？
A1：この格好が好きだがら（そんな嘘（うそ）をつくつもりはない）。

Ａ２：最強防具だと素直に答える（自分の秘密を教えるバカはいない）。
Ａ３：このクマがないと魔法が使えないと言う（自分の弱点を言うバカはいない）。
Ａ４：母の形見だと嘘をつく（常時着ている理由にはならない）。
Ａ５：それなりの防具だと言う（これが無難かな？）。

「普通の防具よりも強いからよ」

「そうなの？」

「このクマの服は物理、魔法への耐久性もあるし、この白いクマはアイテム袋にもなっているんだよ」

クマボックスのことはウルフを売るときに知られていることなので隠す必要もない。

クマの服も普通の防具より性能が上と思ってもらおう。

「それじゃ、その黒いクマは？」

ルリーナさんが右手の黒クマパペットを見る。

「特に黒だけなにかあるわけじゃないけど、この手袋は力を強化してくれるんだよ」

道から少し離れたところにある岩に向かってクマパンチをする。

岩が砕ける。

「その力でデボラネを殴ったわけね。道理であんなに顔が腫れるわけだ」

クマの情報を少しだけ開示したことでルリーナさんは納得したらしい。

「それで、その靴にも意味があるの」

ルリーナさんはわたしの足を見る。

「靴？ ……そうだ。いいこと思いついた」

クマの靴とクマの手袋を見る。

ニヤリと笑ってみる。

「ルリーナさん」

「なに……その目は」

「ちょっと、早めに村に行きましょうか」

「なに言っているの？」

不穏な空気を感じたのか、わたしから少し距離をとる。

「3時間も歩くの面倒だからさ、こうするの！」

さっとルリーナさんの後ろに回り込み、足払いをして、倒れる瞬間抱きかかえる。

女の子の夢。お姫様抱っこってやつだ。

わたしはされたいとは思わないけど。

「ちゃんと摑まっていてね。あと話すと舌を嚙んで危ないから口は閉じていてね」

そう言ってわたしは走りだす。

「ちょっと――――」

速い、速い。

「ユナちゃん。止まって――――」

そんな言葉を無視して走り続ける。

クマの手袋のおかげで軽い軽い。

クマの靴のおかげで速い速い。

クマの靴のおかげで、いくら走っても全然疲れない。


村の近くに到着する。

「ユナちゃん酷い。やめてってあれほど言ったのに。わたし初めて（のお姫様だっこ）だったのに。怖かったんだよ」

地面に降ろしたルリーナさんは涙目で睨んでくる。

「でも、早く着いたでしょう」

徒歩3時間のところ、30分で着きました。

「もしかして漏らしちゃった？」

「漏らしてません。でも、こんなに早く村に着くと思わなかったよ」

まだ、午前中、お昼までには時間もある。

「ほんとはこの村でゴブリンの話を聞いて、一泊してから討伐に行く予定だったんだけど」

「それじゃ、このままゴブリン討伐に行く？」

「そうね、ユナちゃんが疲れていないようだったら。村長にゴブリンの話を聞いたら行きましょう」

村の入り口へ向かい、そこに立っている門番に挨拶をする。

「その格好はなんだ。もしかして、冒険者か？」

一度わたしを見てから、次にルリーナさんを見た。

その格好はなんだ＝わたし。

冒険者か＝ルリーナさん。

ってことかな。

「わたしたちは冒険者です。依頼を受けてゴブリンを討伐しに来ました」

ルリーナさんが説明する。

「あんたら、２人だけか？」

不安そうな顔をする。

それはそうだ。

ゴブリンがたくさんいるのに依頼を出したら、女が２人。

しかも片方は変な格好をしている。

不安しかない。

「はい。話を聞きたいので村長に会わせてもらえませんか」

「分かった。ついてきてくれ」

男性はわたしたちを追い払おうとせず、村の中央にある一軒だけ少し大きな家に案内してくれる。

「村長いるか！」

「なんだ。ロイ」

家から50代ぐらいの男の人が出てきた。

「冒険者が来てくれた」

「ああ、来てくれたか。これで安心できる……？」

「あのう、すみませんが、お2人だけですか」

わたしを見た瞬間、声のトーンが低くなる。

「はい、2人ですが、仕事はしますので安心してください」

「そうですか」

不安そうに門兵と同じ目で見てくる。

やっぱり、見た目は大事ですよね～。

わたしだって着ぐるみを着た女の子に「ゴブリン退治に来ました」って言われても、こんな小娘にできるのかって思うし。

「それで、これからゴブリン討伐に向かいますので、場所を教えてほしいのですが」

ルリーナさんは村長の態度をスルーして話を進めようとする。

「ゴブリンはこちらから行った山に出ます。狩りに行った者が何度も見かけています」

村長は近くに見える山を指す。

「ゴブリンの数が50匹と聞いたのですが、確認のほうは」

「山に入った村の者が一人犠牲になりました。そのときに一緒にいた者が見ています」

「そうですか。では行ってきます。もし、明日になっても戻らなかった場合はギルドに連絡をお願いします」

「分かりました。よろしくお願いします」

村を出てゴブリンがいる山へ向かう。

「ユナちゃん、本当に一人で大丈夫なの？」

「大丈夫。ルリーナさんにお願いすることは一つだけ。ゴブリン討伐の証の魔石の剝ぎ取りをお願いできる？」

「別にいいけど」

言質を確保！

ゴブリンは魔石以外素材にならないので、討伐の証は魔石を剝ぎ取って持っていくらしい。

つまりゴブリンの体を切り裂いて、魔石を取り出すってことだ。

うん、無理！

「それじゃ行こう。わたしが先頭を歩くからついてきて」

クマの探知の魔法を使う。

あっちの方角に反応がたくさんあるね。

マップが出ないのは不便だけど、方角が分かるのは便利だね。

「えーと、周りを気にしないで歩いているけど、もう少し、周りを気にしたほうが」

「大丈夫だよ。探知魔法を使っているから、この辺りに魔物はいないよ」

スキルと言っても伝わらないと思うので、魔法ってことにする。

「えっ、そんな魔法が!?」

「でも、意外と多いかな」

「多い?」

「100匹ぐらいいるんじゃない?」

ちゃんと数えたわけじゃないけど、パッと見た感じ、そのぐらいの数の反応がある。

「ちょっと、100匹! それ本当! そんなのわたしたちだけじゃ絶対に無理じゃない」

「どうして? デボラネが100匹いるだけじゃん」

「それ本音で言っているの?」

「言っているけど」

ルリーナさんは呆れたようにため息をつく。

「この際言っておくけど、やばかったらわたし、ユナちゃんを置いて逃げるよ」

「別にいいけど」

わたしのほうが逃げ足速いし。

「はあ、本当に大丈夫なのかな? 間違った選択をしたかも」

まず、わたしたちはゴブリンが集まっている場所に向かう前に、周辺にうろついているゴブリンを倒す。

数にして20匹ほど。あとは巣にいるゴブリンだけだ。

「その探知魔法だっけ。便利ね。ゴブリンの位置が分かるなんて。反則技じゃん。相手に見つかる前に遠距離魔法で一撃とか」

「ちゃんと討伐の証の魔石は剝ぎ取ってね」

「分かってるよ」

目の前で倒れたゴブリンの体をナイフで切り裂き、魔石を取り、最後に死骸は燃やしている。

他の魔物や動物が死骸に近寄らないようにするためだ。

「この先にゴブリンの巣があるみたい」

探知スキルの反応が一か所に集中している。

ここからはゆっくりと近づいていく。

ゲームでもそうだったが、群れの討伐は奇襲攻撃が有効だ。

気づかれないように最大魔法で一撃を与え、驚いてなにもできない魔物に2撃目を与える。

ゲームならそれで討伐成功だった。

とりあえず、目視で確認できる位置まで進む。

「あの洞窟の中みたいだね」

洞窟の前にはゴブリンが5匹ほどいる。見張り役だろうか。

「もしかして、あの洞窟に入るとか言わないよね」

流石のわたしもゴブリンの群れがいる洞窟には入りたくない。

「ちょっと確認するから待ってて」

風魔法を使って、風を洞窟に向けて放つ。風は魔力を伴って洞窟の中を隅々まで通っていく。

「確認終了。どうやら、洞窟の入り口はあそこだけみたいね。それじゃ行ってくるから待っていてね」

「ちょっと、本当に行くの?」

声を発する前に見張りのゴブリンの首をエアーカッターで5つ切り飛ばす。

その次に、真っ赤に燃えるクマをイメージする。

「ベアーファイヤー」

洞窟の中にクマの形をした炎を放り込む。

さらに次の魔法を唱える。

「ベアーウォール」

クマの形をした岩が洞窟の入り口を塞ぐ。

これで終了。あとは待つだけ。

「ユナちゃん、なにをしたの？」

「高熱の炎を洞窟に入れて、入り口に蓋をしただけだよ。今頃、洞窟の中は熱で燃えて、さらに酸素もなくなってゴブリンたちは窒息死しかけているんじゃないかな」

「酸素？　窒息死？」

もしかして、この世界で酸素は知られていない？

そうなると説明が面倒だね。

「簡単に言えば、あの洞窟の中には空気がないってこと」

「そうなの？」

「密封されたところに火を入れると空気がなくなるのよ。だから、今頃、ゴブリンは空気がなくて苦しんでいるね。簡単でいいでしょう。それとも、洞窟の中でゴブリンと戦いたかった？」

ルリーナさんはブンブンと首を振る。

「しばらく暇だから、見張りのゴブリンの処理したら、昼食にしない？」

「ここで食べるの？」

嫌そうに言う。

いつゴブリンが襲ってくるか分からない場所で食事はしたくないのだろう。

でも、探知スキルがあるわたしは平気だけど。

「一度村に戻ってもいいけど、面倒じゃない？」

「そうだけど。ちなみにどのくらい待てばいいの」

「普通なら数分？　とりあえず、全滅するまで待つつもりだよ」

とりあえず、ルリーナさんは入り口の前にいたゴブリンを処理する。

そして、ゴブリンの処理を終えると、腰に提げている袋から昼食を取り出す。

あれがアイテム袋ってやつね。

「その袋ってどのくらい入るの」

「これ？　ユナちゃんのクマみたいにたくさん入らないよ。ウルフなら5匹ぐらいかな」

そんなもんなんだ。

そう考えるとこのクマ、チートだよね。

用意された昼食をとるが美味しくなかった。

ぬるい水、干し肉などなど、どうやら普通のアイテム袋には時間停止の機能はついていないらしい。

自分用に食事を用意すればよかった。

昼食も終え、探知スキルを使う。

「あれ？」

「どうしたの」

「一匹だけ生き残ってる」

「一匹……まさか」

「なにか知っているの？」

「ユナちゃん、ゴブリン全部で１００匹近くいたんだよね」

「うん」

「もしかすると、ゴブリンキングかも」

「ゴブリンキング……」

ゴブリンキング……ゴブリンの王、ゴブリンより、強く、知能もあるゴブリン。

ゲームの世界でも序盤のボス扱いになっていた。

「うん、ゴブリンが１００匹も一緒にいるんだから可能性はあるね」

「このままじゃ、死にそうもないから戦うしかないかな」

「無理よ！　ゴブリンキングはCクラスの魔物よ。Cクラスのパーティーで倒せるかどうかの魔物なのよ」

そうはいっても、魔法を使ってくるわけではないし、腕力だけの魔物だし、攻撃に当たらなければいいだけだ。

「一度ギルドに帰って応援を呼ぶべきよ」

「うーん、大丈夫じゃない？」

「ユナちゃん、お願い。ここはわたしの言葉に従って」

「それじゃ、わたし一人で洞窟に入って戦うから、もし、わたしが出てこなかったからギルドの応援を呼んで」

「わたしにユナちゃんを死地に送り出せと」

「だから、大丈夫だって。それじゃ、岩をどかすわね」

「ユナちゃん！」

ルリーナさんの叫び声を無視して入り口の岩を消す。

洞窟の中から熱風が出てくる。

風魔法で中の空気を吐き出す。

入り口は炎で、いまだに熱を持っている。

「これじゃ中に入れないな」

「それじゃ無理だから、帰りましょう」

「うん？　どうやら、王様自らお出ましみたい」

「冗談でしょう……」

「ルリーナさんは後ろで隠れてて」

洞窟からゴブリンよりも一回りもふた回りも大きいゴブリンが出てくる。

手には禍々しい剣が握られている。

わたしを見つけると地響きが起きるほどに吼える。

これがゴブリンキング。

手始めにエアカッターを放つ。

ゴブリンキングは剣を振ってエアーカッターを切り捨てる。

そのまま、わたしに目標を定めると吼えながら走りだす。

速い。

クマボックスから剣を取り出す。

ゴブリンキングが振り下ろす剣を受け止める。

重い。

僅かにゴブリンキングのほうが力が上のため押される。

ゴブリンキングは空いている片方の腕を横に薙ぎ払う。

白クマで防御するも弾き飛ばされるが、魔法で体勢を立て直す。

わたしのレベルが低いのかな。

普通の魔法が効かないならクマ魔法ならどうかな。

「ベアーカッター」

クマの鋭い爪をイメージをしてゴブリンキングに向かってクマの手袋を振り下ろす。

3つの風の刃がゴブリンキングに襲いかかる。

ゴブリンは先ほどと同じように剣を振るって魔法を破壊しようとする。

だが、ベアーカッターは消えずにゴブリンキングに襲いかかる。

「あれ?」

倒れなかった。

ゴブリンキングは3本の風の刃によって血みどろだが、切断はできなかった。

でも、ダメージを与えられることは分かった。

ゴブリンキングはダメージを受けたのが悔しいのか、叫び、睨(にら)みつけると、走りだしてくる。

「かたい？」

そろそろ決着つけるかな。

わたしは土魔法を使ってゴブリンキングの前に深い穴を作り出す。

いくら、知能の高いゴブリンキングでも足元にいきなりあいた穴には気づかない。

まして、怒りで頭に血が上っているならなおさらだ。

ゴブリンキングはわたししか見ていない。

ゴブリンキングは足元を見ていない。

ゴブリンキングは穴に落ちていく。

クマの炎を使うとゴブリンキングが溶けてしまい討伐の証明ができなくなるかもしれないので、ベアーカッターを穴に向けて何度も放つ。

「ベアーカッター、ベアーカッター、ベアーカッター、ベアーカッター、ベアーカッター」

意外としぶとい。

穴から叫び声が聞こえる。

登ろうとしているのかもしれないが、ベアーカッターによって妨げられているのだろう。

ベアーカッターを打ち込んでいると叫び声が聞こえなくなる。

探知スキルを使うとゴブリンキングの反応は消えていた。

わたしが魔法を放つのをやめると、ルリーナさんが木の陰から出てくる。

「終わったの？」

「うん、倒したよ」

「まさか、本当にゴブリンキングを倒すなんて」

「意外と強かったからちょっと驚いたけどね。それじゃ、死んでいるのを確認するから穴から離れて」

土魔法を使って穴を隆起させる。穴から出てきたゴブリンキングは叫び声を上げている姿で死んでいた。

死んでいるのにその顔は恐怖を与える。

「本当に死んでいるんだよね？」

怯えるルリーナさんのために、ゴブリンキングにエアーカッターを打ち込んで死んでいることを証明する。

「それで、これどうする？」

「ユナちゃん、アイテム袋に入るよね？」

「入るけど」

「それじゃ、お願いできるかな。討伐の魔石を持っていけば証拠になるけど、死骸を持っていけるなら持って帰りたいから」

ゴブリンキングをクマボックスに入れる。

ついでに剣も拾っておく。

「あとは洞窟に入ってゴブリンの後処理をするだけね」

「それじゃ洞窟の中、冷やすね」

水魔法と風魔法で洞窟の中を冷やす。

「これで洞窟の中は大丈夫だと思うから。ゴブリンの解体はお願いね」

笑顔でルリーナさんを送り出す。

「えーと、確認するけど、洞窟の中は安全なのよね」

「大丈夫。ただ、かなりの数のゴブリンが死んでいるから、解体が大変だと思うけど」

「ユナちゃん、手伝ってくれたりは……」

「しないよ」

体を切り開いて魔石を取るなんてできるわけがないのでお断りする。

「洞窟の中は暗いから、これをプレゼントするね」

ライトの魔法を使い、クマの形の光を生み出す。

「ルリーナさんに渡すから、持っていっていいよ」

「ありがとう？　なんでクマの形をしているのか疑問だけど有り難く使わせてもらうね」

ルリーナさんは一人、洞窟に中に入っていく。

体にある魔石を取り出す作業が、ゴブリン一匹につき早くて一分として、洞窟には80匹ほどいたはずだから、80分。

洞窟の中を歩くことを考えても2時間以上はかかるかな。

土魔法で、小さな土の家を作る。

小さな窓も作り、換気もよくする。

魔物のことを考えて入り口は塞いでおく。

窓は小さいから入ってくることはない。

最後に土のベッドを作り、横になる。

堅いけど眠れないわけじゃない。

今度、毛布でも買っておこう。

精神的に疲れたので眠気はすぐにやってきた。

14　クマさん、報告する

「ユナちゃん！　ユナちゃん！　起きてよ」

「ルリーナさん、うるさい」

眠い目を擦りながら体を起こす。

「やっと起きた」

小さな窓からルリーナさんが覗き込んでいる。

背を伸ばして筋肉を伸ばす。

「わたしが頑張って剝ぎ取りしているのに、家なんて作って寝ているなんてずるいじゃない」

「だって解体はルリーナさんの仕事でしょう。それで終わったの？」

「終わったよ。終わって洞窟から出てきたら家があるから驚いたわよ。中を覗いたらユナちゃんが寝ているし。中に入ろうにもドアがないし」

魔法で穴をあけて外に出る。

空を見ると日が傾いている。

だいたい午後3時ぐらいかな？

「ゴブリンの数が多すぎて大変だったよ。ユナちゃんが手伝ってくれなかったから」

文句を言っているが無視をして話題を変える。

「洞窟の中に必要なものってある？」

「ないけど」

「それじゃ、他の魔物が棲みついても面倒だから、穴は塞いじゃうね」

土魔法を使って入り口を塞ぐ。

これで魔物が棲み着くことはなくなるだろう。

「それじゃ、帰ろうか」

「わたし、疲れているんだけど」

「大丈夫、わたしが抱きかかえてあげるから」

のんびりと帰るつもりはない。

「ユナちゃん……もしかして……」

「山で、道が悪いからしゃべらないでね」

にっこりと微笑んでみせる。

諦め顔のルリーナさんをかかえて山を下りる。

ジャンプ！　ジャンプ！　ジャンプ！

山を下っていく。

ジャンプするたびにルリーナさんが悲鳴を上げる。

耳元で騒がれるとうるさいんだけど。

ルリーナさんの叫びは無視して走り続ける。


村の入り口近くに着くとルリーナさんを降ろして門番の元に向かう。

ルリーナさんの足がフラフラしていたのは気のせいだろう。

門番に挨拶をして村長の家に向かう。

「えーと、お早いお帰りですが、無理だったのですかな」

村長が「やっぱり」的な顔をする。

「いえ、ゴブリンは全て倒しました」

「なんと」

ルリーナさんが言うと村長の顔が驚きに変わる。

「ゴブリン討伐の依頼は終了しました。これがゴブリンの討伐部位の魔石になります」

ルリーナさんがアイテム袋から、革袋を取り出す。

革袋の紐を解き、村長に中身を見せる。

たぶん、ゴブリンの魔石が入っているのだろうな。

わたしは絶対に見ないけど。

大量の血みどろの魔石なんて見たくない。

見たら食事ができなくなってしまう。

水で綺麗に洗い流してあればいいけど、あの洞窟に水があったとは思えない。

「おお、ではゴブリンを討伐してくれたのですね。でも多くありませんか」

「100匹近くいましたから」

「100匹！」

村長が驚く。

そりゃ、予想の倍以上のゴブリンが村の近くにいれば驚くだろう。

「安心してください。全て倒しましたから。ゴブリンが作っていた巣も塞いだので新しく魔物が棲み着くこともないと思います」

「あ、ありがとうございます」

村長が頭を下げる。

「それでは、本日泊まる宿を用意させますので」

「はい、ありがとうございます」

「いえ、帰ります」

ルリーナさんの言葉とわたしの言葉が重なる。

「ユナちゃん、もう、遅いよ」

「夕暮れ前には帰れるよ」

2人は見つめ合う。

「もしかして、またお姫様抱っこ？」

「2度も、3度も同じでしょう」

「でも、せっかくのご厚意だし」

どうやら、お姫様抱っこは嫌らしい。

でも……。

「面倒ごとは早く終わらせるのがわたしのモットーだから」

「……本当に帰るの？」

頷く。

「分かったわよ。わたしもゴブリンキングのことを報告しないといけないし、帰りましょう」

「ゴブリンキング？」

村長がルリーナさんの言葉に反応する。

「100匹のゴブリンを纏めていたのがゴブリンキングでした」

「その、ゴブリンキングは」

「大丈夫です。ゴブリンキングも討伐しましたから、安全ですよ」

「ありがとうございます」

村人に感謝されて村を出る。

「やさしく走ってね。あと、ジャンプは絶対に禁止よ！」

「分かってるよ」

山を下りるときジャンプを何度かしてルリーナさんを怖がらせてしまったかな。

ルリーナさんが自分からわたしに抱きついてくる。

「でも、悔しいけどこのクマ、抱き心地はいいのよね」

ルリーナさんはわたし（クマ）を撫で回す。

やめてほしいんだけど。

触り方がなんかイヤだ。

走りだせば撫で回すこともできないはずなのでお姫様抱っこをして走りだす。

平地だから山と違って走りやすい。

遠くに魔物の反応があるが無視して走りぬける。

ときどき、冒険者や馬車ともすれ違うが気にしない。

なんか、騒いでいるけど一瞬でその声は聞こえなくなる。

街の門が見えてくる。

「恥ずかしいから、そろそろ降ろして」

耳元で騒ぐが無視して走り続ける。

「ユ、ユナちゃん？　お願いだから」

ルリーナさんの抱きしめる手に力が入るが痛くはない。

そのまま、西門にたどり着く。

門兵は驚いている。

ルリーナさんは恥ずかしそうにしている。

わたしはクマの格好をしている。

3人がともに黙っている。

ルリーナさんを降ろして無言のままギルドカードを確認してもらい街の中に入る。

「えーとギルドまで運ぼうか？」

「やめて！」

恥ずかしそうな顔をしたルリーナさんと報告をするためにギルドへ向かう。

ギルドの入り口には仕事を終えた冒険者がかなりの数いた。

中に入れないなと思っていると、わたしに気づいた冒険者が道をあけてくれる。

まるでモーゼの海割りのように道ができていく。

「いいのかな？」

「いいんじゃない？」

ギルドに入ると受付も賑(にぎ)わっている。

受付に並ぼうとすると後ろから声をかけられる。

「ルリーナ、どうしたんだ」

「ランズ、どうしてここにいるの？」

ランズとギルが椅子に座ってこちらを見ていた。

「どうしてって、おまえたちが戻ってくると思ったから待機していたんだよ。でも、その予想は当たったみたいだな。こんなに早く帰ってくるなんて、ゴブリンの数に恐れをなして逃げ戻ってきたんだろう」

失敗したと思っているランズは薄笑いを浮かべる。

分かっているのかな。わたしが失敗したら自分たちが失敗したことになるのを。

「ランズ、残念だけど。依頼なら終わったわよ」

「はぁ?」

ルリーナさんの言葉にアホ面がさらにアホ面になる。

「依頼は完了。ゴブリン100匹とゴブリンキングのおまけつきで」

「はあ、なに言ってるんだ。ゴブリン100匹? ゴブリンキング? 冗談もそこまでいくと笑えないぞ」

「それが冗談じゃないのよ」

ランズの大きな声のせいでギルドの中にいた冒険者がいっせいにこちらを向く。

「ゴブリン100匹?」

「ゴブリンキング?」

「嘘(うそ)だろう」

「ゴブリンキングなんて倒せるわけないだろう」

「ゴブリン100匹! 2人じゃ無理だろう」

「でも、あのクマだぞ」

「あのクマならありえるのか？」

「クマだしな」

冒険者たちはわたしたちの言葉を聞いてそれぞれが口を開いている。

それにしてもクマだからっていうのはなんだ。


「ルリーナさん、ゴブリンキングって本当ですか」

冒険者ギルドの受付嬢のヘレンさんがやってくる。

「少し話をお聞きしたいのでこちらまで来てもらえますか」

人が並んでいない受付に案内される。

「それではお聞きします。ルリーナさんが受けた依頼はトーズ村付近に現れたゴブリンの群れの討伐でしたよね。その数は50匹ほどの」

「はい、でも、行ってみたら、ゴブリンは100匹いました」

そう報告すると、後ろで聞き耳を立てていた冒険者が騒ぎだした。

「失礼ですが、討伐証明の魔石はお持ちですか？」

ルリーナさんはアイテム袋からゴブリン討伐の証拠の魔石が入った袋を取り出す。

「確認させてもらいます」

ヘレンさんは、討伐部位の魔石を受け取るとカウンター内にある装置を操作する。

「はい、間違いなくゴブリンの魔石になります。それと先ほど、〝ゴブリンキング〟って聞こえたのですが本当ですか？」

「はい、ゴブリンの親玉はゴブリンキングでした」

「本当ですか。それじゃ、Cランクパーティーに緊急依頼をしなくては」

「大丈夫です。ユナちゃんが倒しましたから」

「……ゴブリンキングを一人で倒した……」

「クマがゴブリンキングを倒した」

「クマが……」

「クマが……」

エコーのように広がっていく。

「それは本当でしょうか。魔石がありましたらお願いします」

「ゴブリンキングの死骸(しがい)、持ってきているんだけど」

「ああ、ユナさんのクマのアイテム袋ですね。えーと、大きいですよね。すみませんが隣の部屋にお願いします」

ヘレンさんとわたしたちの後ろを冒険者がぞろぞろと金魚のフンのようについてくる。

「こちらに出してもらえますか」

白クマを翳(かざ)してゴブリンキングを取り出す。

周りからはため息と、叫び声と、唸り声、いろんな声が漏れる。

「これは間違いなくゴブリンキングですね」

ゴブリンキングは、それだけで人を呪い殺せそうな顔をしている。

そのゴブリンキングの顔を見た冒険者たちは恐怖を覚える。

さらにそのゴブリンキングを倒したユナに驚愕する。

ゴブリンキングの肉体には壮絶な戦いを裏づける傷が多数見える。

「ありがとうございます。ゴブリンキングはこちらで引き取らせてもらってもよろしいでしょうか」

「ゴブリンキングの素材って使えるの？」

「そうですね。ゴブリンキングの皮はゴブリンと違って強度も耐久性もありますから防具に使用できます。骨も武器、魔法の道具などに使われます。魔石も強力なのでいろんな用途に使用できます」

「わたしはいいけど、ルリーナさんは？」

「わたしもいいよ」

「それではすみませんが、受付のほうによろしいでしょうか」

再度、受付に戻ってくる。

冒険者も金魚のフンなので一緒についてくる。

「この依頼はルリーナさんのパーティーがお受けになっています。ですがユナさんが手伝っていますがどういたしましょうか」

「わたしたちのパーティーとユナちゃんとの共同依頼でお願いします」

「ルリーナさん？」

「倒したのはユナちゃんです。それをわたしたちのものにするわけにはいかない。わたしがしたことは剝ぎ取りと交渉ぐらいです」

ルリーナさんは、自分がした仕事を嘘をつかずに、ちゃんとヘレンさんに言う。

「分かりました。ではそのように処理させてもらいます。それではルリーナさんを含めたパーティーメンバーのみなさん、ギルドカードを提出してください」

「俺はいい」

「ランズ？」

「俺はなにもしていない。本当はその女が逃げ戻ってくると思って傍観していただけだ。一人でゴブリンの群れの討伐なんてできるわけがないと笑っていただけだ」

「俺もいい。なにもしてない」

「ギル？」

「分かりました。ではこの依頼はルリーナさんとユナさんの2人で処理させてもらいます。それでよろしいでしょうか」

「はい、よろしくお願いします」

「ではこちらが依頼料とゴブリンの魔石の買い取り額になります。あと別に、ゴブリンキング討伐の報奨金と買い取り分のお金になります」

2つの袋を渡してくれる。

ルリーナさんはそのゴブリンキングの報奨金をわたしに袋ごと渡してくれる。

「これはわたしが受け取るわけにはいかない。あとこれは半分」

依頼料の入ったお金を半分に分け、渡してくれる。

「いいの?」

「2人でした仕事だからね。もっともわたしは剝ぎ取りしかしてないけど。でも全部は渡せないから半分こ」

素直に受け取り、クマボックスに入れる。

「あと、今回はごめんなさい。デボラネはもちろん、ランズにも言っておくから」

後ろでランズがバツの悪そうな顔をしている。

「ううん、わたしも楽しかったし、ゴブリンキング相手に魔法の練習もできたし無駄じゃなかったから」

ゴブリンキングを相手に魔法の効果を確かめられたのは本当に有益だった。ゴブリンキングを倒せるなら他の魔物も十分に倒せることになる。

ギルドを出ると、ルリーナさんから食事に誘われ、彼女のオススメの店で、ランズ、ギルを加えた4人で食事をすることになった。

ランズが改めて頭を下げて謝ってきた。

ギルもゴブリン討伐に同行しなかったことを謝ってくる。

許すことにして夕食をいただく。

「ほんとうにいいのか。おごってもらって」

「いいよ。ゴブリンキングの報奨金もあるし、デボラネの治療費とでも思ってくれればいいよ」

「そうか、それじゃ、遠慮なくごちそうになる」

「ありがとう」

4人でそれなりに楽しい食事をして宿に戻る。

エレナさんに夕食はいらないことを伝え部屋に戻ると、風呂にも入らずにベッドに潜り込んだ。

15　クマさん、雨の日の休日（前編）

今日は朝から雨が降っているので自主的に引きこもり、暇つぶしに魔物の本を読んでいる。

書かれているのは、ゲームや小説や漫画に出てくる魔物がほとんどだ。

世界を回って探してみるのもいいかもしれない。

しばらく読んでいると、お腹の時計が昼食時を示しているので一階に下りて昼食をとることにする。

雨だというのに、食堂にはお客がたくさん入っている。

エレナさんに聞くと、

「ああ、雨のせいで外の屋台が休みなので、雨をしのげる店にお客様が集中するんですよ」

確かに雨の中、屋台はできない。

お客も雨の中、買いたくないだろうし、食べる場所も考えないといけない。

そう考えると、雨がしのげる店を選ぶのはあたりまえか。

食堂を見渡し、座れる席を探すがどこにもない。

あまり相席もしたくないので出直そうとすると、

「ユナさん、すみませんが座れる場所がありませんので、お部屋でよろしいですか」

「うん、かまわないけど」

「ありがとうございます。本当なら宿に泊まっているユナさんを優先したいのですが」

「大丈夫。それじゃ、本日のオススメをお願い」

「分かりました。すぐに部屋に持っていきますのでお待ちになっててください」

部屋に戻ってしばらくすると、ドアがノックされる。

意外と早かった。

「ユナさん、開けてもらえますか」

ドアを開けるとエレナさんが湯気が立ち上っている料理を持っている。

宿代にお昼代は含まれていないため、料理を受け取りテーブルに置いてエレナさんに代金を払う。

「ありがとうございます」

「エレナさんも頑張ってね」

「はい、今が稼ぎ時ですから」

元気に返事をして戻っていく。

テーブルの上に置かれた料理をありがたくいただく。

肉が入った野菜炒めと温かいスープと焼きたてのパン。
温かい料理に感謝する。
パンを齧るがそろそろお米が恋しくなってくる。
パンはパンで美味しいが、日本人としてはお米が食べたい。
ラーメンとかも食べたいがこの世界にあるのだろうか。
今度、エレナさんに聞いてみようかな。
食事を終え、午後の予定を考えてみる。
ステータス画面を出してみる。

名前：ユナ
年齢：15歳
レベル：18
スキル：異世界言語、異世界文字、クマの異次元ボックス、クマの観察眼、クマの探知、クマの地図
魔法：クマのライト、クマの身体強化、クマの火属性魔法、クマの水属性魔法、クマの風属性魔法、クマの地属性魔法

装備

右手：黒クマの手袋（譲渡不可）
左手：白クマの手袋（譲渡不可）
右足：黒クマの靴（譲渡不可）
左足：白クマの靴（譲渡不可）
服：黒白クマの服（譲渡不可）
下着：クマの下着（譲渡不可）

今朝、確認したらスキルが増えていた。

クマの地図ってクマをつければいいってもんじゃないでしょうと突っ込みたくなる。

クマの地図
クマの目が見た場所を地図として作ることができる。

クマの地図を出してみると、わたしがいる場所を中心として、街の周辺と東の森、西門から離れた村に行くまでに通ったと思われるところが、虫が這(は)いずり回ったように表示されている。

それ以外の場所は真っ黒でなにも表示されていない。

どこかのゲームみたいだ。

便利だけど、行ったことがある場所だけって残念だ。

まあ、いきなり世界の地図を表示されても、それはそれでつまらないような気がするから、これはこれでいいのかもしれない。

村に向かう方角を見て昨日のことを思い出す。

クマボックスから一本の剣を取り出す。

ゴブリンキングが持っていた剣。

ゴブリンキングが持っていたときのような禍々(まがまが)しさはない。

普通の銀色に輝く綺麗(きれい)な剣になっている。

クマの観察眼を使ってみる。

ゴブリンキングの剣
　スキル：筋力増加、魔法付加

筋力増加：使用者の筋力を上げる。
魔法付加：剣に魔法を付加することができる。
たぶん、あの禍々しさはゴブリンキングの力を具現化したものだと思う。
わたしが魔力を通すと綺麗な銀色に輝く。

これで黒くなったら落ち込んでいただろうがそうならなくてよかった。

今後、使うこともあると思うので晴れた日にでも試してみようかと思っている。

でも、今日は雨がやみそうにない。

今日の予定を考えてみるがやることが本当になにもない。

引きこもりの経験は長いが、それはネットやテレビや小説や漫画などがあってこそ成り立つ職業である。

娯楽がなにもないと寝ることぐらいしかすることがない。

でも、昼間に寝ると夜が眠れなくなる。

現実世界の日本なら夜に眠れなくてもネットでも漫画でも小説でもゲームでもやることはあるが、この世界には夜に遊べるものはなにもない。

なので今、できることを考えてみる。

ゴブリンキングの剣を持ったときに腕のたるみが少し気になったので、筋トレをしてみることにした。

二の腕がプヨプヨしている。

クマのおかげか、腕立て伏せを何回、何十回、何百回とやっても疲れない。

これじゃ、腕のたるみも取れないいんじゃない？　と思い、クマ装備を外して下着姿になる。

正しくは、上にはシャツを着ている。

下はクマさんパンツだけど。

先日買ったパンツは肌触りがよくなかったため穿（は）いていない。

今度、高級店に行ってみようかな。

そんなことを考えながら腕立て伏せをやってみる。

はい、10回もできませんでした。

日本にいたころとなにも変わっていませんでした。

プヨプヨの二の腕は諦（あきら）めることにして素直にクマを着ることにする。

慣れとは怖いものだ、だんだんとこのクマの格好に慣れてきている自分がいる。

16 クマさん、雨の日の休日（後編）

筋トレを諦め、昼食の時間帯も過ぎただろうから、暇つぶしを探しに下に行くことにする。

一階は食堂と宿の受付になっている。

昼時には先ほどのように混み合っている。

でも、今の時間帯に食事をしている人は誰もいない。

カウンターにはエレナさんが疲れた顔で座っていた。

「ああ、ユナさん、先ほどはすみませんでした」

「別にいいよ」

「それで、どうしたんですか？」

「ちょっと暇つぶしに」

カウンター席に座る。

「暇つぶしって言ってもなにもないですよ」

「とりあえず、なにか飲み物をもらえる？」

「はい、いいですよ」

エレナさんは奥に行って飲み物を取ってきてくれる。

「はいどうぞ。ミラの果汁です」

自分の分もあるのかわたしの前に座って果汁を飲む。

「暇なの？」

「休憩中です。さっきまで忙しかったから休んでいるんです。それにここで店番もしているからサボっているわけではありませんよ」

とりあえず、礼を言って果汁を受け取る。

少し甘酸っぱいジュースだ。

残念なのは生ぬるいことぐらいだ。

うん？

生ぬるいなら冷やせばいいだけのこと。

コップに黒クマの手をのせる。

魔力を通して氷をイメージする。

ポトンと音がしてコップの中に氷が浮かぶ。

「ちょっと、なんですか。それ」

「果汁の中に氷を入れただけよ。冷やすと美味しいと思って」

そう言って果汁を飲む。

美味しさが数段アップした。

「わ、わたしにもお願いできますか」

わたしが美味しそうに飲んでいるとエレナさんがコップを差し出してくる。

別に断るほどでもないので、エレナさんのコップの中にも氷を落としてあげる。

「ありがとうございます」

エレナさんは氷を上手くコップの中で回すと冷えた頃合いに飲む。

「お、美味しい。冷やすだけでこんなに美味しくなるなんて。暑い日にはいいかも。でも、冷蔵庫に果汁を冷やしておくスペースなんてないしなー」

この世界にも冷蔵庫は存在する。

氷系の魔石を使って作られたものだ。

この街では氷系の魔石は手に入りにくく価値がある。

モンスター図鑑によれば北に住む魔物が魔石を持っている。

まあ、簡単に言えば氷系の魔物が持っているため、この付近では手に入らないのだ。

ただし、それは冷凍室つきの冷蔵庫を作る場合。

冷凍室なしの冷蔵庫であれば、ウルフなどの無属性の魔石に氷属性の魔法を付加させることで実現できる。

そのため、冷凍室つきの冷蔵庫は高級品だ。

冷凍室なしの冷蔵庫ならば、一般庶民でも持っている人は多い。

「冷蔵庫がもう少し大きければなぁ」

氷が入った果汁をちょびちょびと飲んでいる。

「エレナさんは魔法を使えないの?」

「使えるわけないじゃないですか。もし、使えたら宿屋の娘なんてやっていないですよ。魔法を使えるユナさんが羨ましいです」

羨ましいと言われてもわたしもクマがなければ魔法を使えないんだけど。

基本的にこの世界の住人は魔力を持っている(エレナさん談)。

初めてお風呂を使うときに教えてもらった。

お風呂には水の魔石と火の魔石が使われている。

その魔石に魔力を通すと水やお湯が出るようになっていた。

お風呂を使うとき、裸だったため、一瞬使えないかもと思ったが、普通に使えて安堵した。

クマの使用説明文にもクマに「魔力を通す」と一文が書かれていることから、わたし自身に魔力があることが分かる。

でも、わたしはクマがないと魔法が使えない。

エレナさんも魔力はあるが魔法が使えないと言っている。

いまいち、この世界の魔力と魔法の因果関係が分からない。

たぶん、エレナさんは裸の状態のわたしと同じなのかもしれない。

そのあたりを調べればクマがなくても魔法が使える可能性があるかも。

でも、クマがあればイメージだけで魔法が使えるから便利だし、今は考えていないけど。

結局夕飯までエレナさんと一緒におしゃべりをして過ごしてしまった。

わたし個人は暇つぶしになってよかったが、エレナさんは仕事をサボったと母親に大目玉を食らっていた。

17 クマさん、冒険者ランクDになる

ゴブリンキングを討伐したあとギルドで依頼を受けつつ、いろいろ実験を行った。

魔法の応用、魔法イメージの仕方、クマ魔法の威力の確認。

ゴブリンキングの剣の使い方、魔力の通し方。

投げナイフの使い方。

クマの攻撃力、クマの防御力の確認。

クマボックスのしまえる量、大きさなどの確認。

いろいろと検証した数日間だった。

本日も実験につき合ってくれたウルフをクマボックスにしまい、ギルドに報告をしに行く。

「ユナさん、本日もウルフ〝だけ〟ですか」

なぜか、〝だけ〟という言葉に圧力を感じる。

「そうだけど」

「本当ですか？」

「……どうしてそんなこと聞くの？」

「最近、討伐依頼を受けた冒険者が依頼を達成できずに戻ってくるんですよ」

「…………」

「なんでも、討伐先に行っても魔物がいないそうなんですよ」

「…………」

「ゴブリンの群れを討伐しに冒険者が行けば、ゴブリンはどこにもいない」

「…………」

「オーク討伐を依頼した村があっても、知らないうちにオークがいなくなっている」

「…………」

「コボルト討伐に行けばコボルトはいない」

「…………」

「一角ウサギを討伐に行けばいない」

「…………」

「それが、一度や2度じゃないんですけど。なにか、ご存知ありませんか？」

疑いの目を向けてくる。

その質問の答えはＹＥＳ。

全て、最近討伐した魔物の名前ばかりだ。

倒した魔物はクマボックスにしまってある。

「そうなんだ。依頼を受けた冒険者は可哀想だね」

知らないふりをするとヘレンさんは大きなため息をつく。

「なんでも、討伐先で可愛い黒いクマの格好をした女の子が何度も目撃されているんですけど。ご存知ありませんか？」

ヘレンさんはそう言うと、ジッと黙ってわたしの目を見てくる。

目を逸らしたくなるのを我慢する。

「もしかして、わたしの格好って流行っているのかな？」

「そんなことあるわけないでしょう！　そんな格好をしているのはユナさん！　あなたしかいません！」

「知っているなら、初めから言えばいいじゃない」

「ギルドマスターから、あなたが来たら呼ぶようにと言われています」

「どうして？　別に依頼を横取りしたわけじゃないじゃん。たまたま、そこに出向いたら、たまたま魔物がいたから倒しただけよ」

「はい、それはなにも問題はありません。まして、ユナさんは依頼料を受け取っていませんから」

「だったら」

「でも、ギルドに登録している以上、義務として討伐した魔物の報告はしてほしいものです。その場合、依頼を受けていた冒険者は失敗扱いにはなりませんので」

「分かった。今度から報告する」

「ですが、今日はギルドマスターに会ってもらいます」

「えー」

「えー、じゃありません。案内しますからついてきてください」

ヘレンさんに無理やりギルドマスターの部屋に連れていかれる。

「ギルドマスター、ユナさんを連れてきました」

ドアをノックしてから中にいるギルドマスターに呼びかける。

「入ってくれ」

ヘレンさんはドアを開けて中に入る。

部屋の中には机の前に座って仕事をしているギルドマスターがいる。

「来たか。ヘレンは仕事に戻っていいぞ。ユナはそこに座れ」

部屋の中央にあるテーブルを指す。

テーブルの前には6つほどの椅子が並んでいる。

その中の椅子に適当に座る。

「それで、おまえさんはなにがしたいんだ」

「なにがしたいとは？」

「他人の依頼の魔物を討伐したかと思えばギルドになにも報告をしない。依頼料を受け取ることもしない。魔物の素材を売るわけでもない。本当におまえはなにがしたいんだ」

暇つぶし、魔法の練習、剣の練習、魔物の確認、マップの作成といろいろある。

「この街は来たばかりだから、周辺の探索だよ。探索をしてたらたまたま魔物がいたから退治しただけだよ」

「なら、ギルドへの報告は？」

「先日、入ったばかりで知らなかった」

実際に依頼を受けた以外の魔物討伐を報告する義務なんて、知らなかった。

そのことを教えなかったヘレンさんが悪い。

でも、冒険者としては常識だったらしいが、そんなこと異世界から来たわたしが知るわけがない。

「素材を売らない理由は？」

「お金に困っていないから」

「でも、アイテム袋に入れていれば腐っておまえも困るだろう」

そういえば、一般的なアイテム袋は普通に時間は進む。そうなると必然的に中のものは傷(いた)むし腐る。

「うーん。ここだけの話にしてもらえる？」

「なんだ。俺は他人の秘密を言いふらす男じゃないぞ」

「わたしのアイテム袋は時間停止できるんで、腐らないから大丈夫なんだよ」

「……本当か？」

信じてもらうためにその場に3日前に倒したウルフを取り出す。

「3日前に倒したウルフ」

テーブルの上にウルフの死骸を載せる。

ギルドマスターはウルフを見て確認する。

「ほんの数分前に討伐したみたいだ」

新鮮度が違うため、ギルドマスターはすぐに判断をつける。

血抜きしておらずテーブルに血が流れてしまうため、確認が終わるとウルフをクマボックスに戻す。

「だから、腐らないから大丈夫」

「話は分かった。だが、今度からは討伐報告は守ってくれ。そうしてくれないと他の冒険者が困る」

「うん、分かった。もう行っていい？」

「もう一つ。オークを討伐したのか」

「したよ」

嘘をついても仕方ないので素直に答える。

「はぁ、本日より、おまえをDランクに上げることにする」

「そんなに簡単にランクを上げていいの？　わたし、Dランクの依頼受けていないよ。確か最低でも10回は受けないとだめなはずでしょう」

「オークやゴブリンキングを単独で倒せるなら問題はない。それに、そのアイテムボックスの中にオークも10体以上入っているだろう」

確かに10体ほど入っている。

「あと悪いがオークの素材をギルドに売っていってくれ。たまにギルドから店に流さないとギルドの威厳がなくなる」

「了解」

「おい！　誰かいるか！」

外に向かって叫ぶ。

「はい、なんでしょうか」

一人のギルド職員の女性がすぐにやってくる。

「悪いがヘレンに言って、こいつのランクをDに上げてもらってくれ」

「分かりました」

「それじゃ、もう行っていいぞ」

ギルド職員の女性に案内され受付にいるヘレンさんのところへ行く。

女性はギルドマスターの言葉をヘレンさんに伝えると自分の仕事場に戻っていく。

「ユナさん、ランクアップおめでとうございます」

「ありがとう」

「でも、本当にみなさんに迷惑ですから報告だけはしてくださいね」

「ごめんなさい」

もとはといえば説明してくれなかったヘレンさんが悪いと思いつつ素直に謝っておく。

「分かってくれればいいです。では改めてランクアップの処理をしますのでギルドカードをお願いします」

ギルドカードを水晶板に載せ、操作を行う。

いまいちこの機能だけは理解ができない。

どうやって、国にある全てのデータが水晶板に繋がっているんだろう。

やっぱり、知らない魔法の技術とかなにかかな。

「それとギルドからのお願いなんですがよろしいでしょうか」

「なに？」

「しばらく、この近くのウルフの討伐は控えてもらえませんか。もちろん、討伐は自由なんですが、初心者の冒険者の生活が困りますので」

「一応、わたしも初心者なんだけど」

まだ、冒険者になって日が浅い初心者だ。でも、ヘレンさんは、

「ユナさんを初心者とは言いません」

言い切られた。

まあ、ゲーム時代の経験を入れれば初心者でないのは確かだ。

「分かった。しばらくは倒さないようにすればいいんでしょう」

「ありがとうございます。ギルドとしてもランクが低い冒険者には経験を積んでランクを上げてほしいと思っていますから。その経験を積むにはウルフやゴブリンが最適なんです」

「ゴブリンはいいの？」

「ゴブリンは増えますから問題はありません、むしろ討伐してください。それにゴブリンは素材が売れないので不人気な依頼になっていますから」

わたしとしてもゴブリン討伐はしたくない。

売れる素材が魔石しかないためゴブリンの死骸ごとギルドに持っていくこともできない。だから、基本的にゴブリンを倒したら、燃やして、地面に埋めている。

「それでは処理が終わりましたのでカードをお返しします」

ギルドカードを受け取る。

ランクがＤになっている。

「それじゃ、これでわたし帰ってもいい？」

「はい、大丈夫です。でも、素材を売ってから帰ってくださいね」

ギルドを出て素材を売るために隣の建物に向かうことにした。

18 クマさん、買い取りをしてもらう

ギルドを出て隣の建物の素材買い取りカウンターに向かう。

カウンターは3つあり、2つは接客中。自然に空いているカウンターに向かう。

「よう、クマのお嬢ちゃん、またウルフの買い取りかい」

ゲンツさんが笑いながら挨拶をしてくる。

「他の魔物もあるよ」

「おお、そうか。ギルドは売り物になればなんでも買い取るぞ」

とりあえず、クマボックスからウルフを10匹出す。

部屋にいた冒険者が少し騒ぐ。

一人でウルフ10匹持ってきたのだから。

「今日も大猟だな」

ゲンツさんは奥にいる職員に声をかけてウルフを運ぶ指示を出す。

奥から2人ほどやってきてウルフを運んでいく。

カウンターが空くと次に一角ウサギを10匹出す。

　すると、さらに部屋にいる冒険者の騒ぐ声が増す。

　ちなみに一角ウサギは1mほどの長さの角があるウサギだ。

　見た目は可愛いがジャンプ力があり、正面からジャンプアタックしたときの攻撃力は強い。

　防具が弱いと角が突き刺さって死ぬ場合もある。

「なんだ。一角ウサギまであるのか。どれもこれも討伐したばかりじゃないか」

　ゲンツさんはもう一度、奥に声をかけて一角ウサギを運ぶように指示を出す。

「相変わらず、解体はしないのか」

「やり方が分からないし、面倒」

「まあ、ギルドとしては仕事が増えるから嬉しいがな。でも、冒険者なら覚えないと儲けが減るぞ」

「そのうち、覚えるよ」

　と表向きは答えるが、今のところ覚える気はない。

　できる気がしないと言ったほうが正しいだろう。

　やっと魔物の死骸にも慣れてきたところだ。

　解体はまだわたしにはレベルが高すぎる。

　ゲンツさんと会話をしているとカウンターの上の一角ウサギが全て運び終わっている。

「それじゃ、今日はウルフ10匹と一角ウサギ10匹でいいか」

「まだ、ギルドマスターに頼まれたものがあるよ」

「ギルドマスターに？」

オークを一体出す。

「おいおい、オークまであるのか。ちょっと待て。もしかして、オークまで10体あるとは言わないよな」

オークの大きさは小さい個体なら2ｍ、大きな個体なら3ｍまでになる。

とてもじゃないが一人じゃ運べないし、カウンターに載せられても邪魔になる。

オークを出したら冒険者が騒ぎ始める。

「オークなんて嘘だろう」

「でも、間違いなくオークだぞ」

「一人で倒したのか」

冒険者が騒いでいるが無視してゲンツさんの質問に答える。

「ありますけど」

「ちょっと待て、おまえさんのアイテム袋はどうなってるんだ？　こんなところにオークを10体置かれても困る。奥の冷蔵倉庫に来てくれ」

ゲンツさんの許可をもらい、カウンターの奥の倉庫に向かう。

そのときに冒険者の声が聞こえてくる。

「10体なんて嘘だろう」

「どうやったら倒せるんだ」

「クマだからか」

「ブラッディベアーなら可能だろう」

「流石（さすが）、ブラッディベアー」

「なんだ、そのブラッディベアーって」

「知らないのか……」

なに、その〝ブラッディベアー〟って？

冒険者の会話を聞いていたかったがゲンツさんが先に行ってしまうので仕方なくついていく。

流石に、冒険者の声は聞こえなくなる。


倉庫に入ると氷系の魔石が使われているためか、ひんやりと寒い。

「入ったら、ドアを閉めてくれ、倉庫の中の温度が上がっちまうから」

ドアを閉め中に入る。

中には解体された魔物の肉や素材がたくさん積まれていた。

先ほどわたしが出したウルフや一角ウサギも運ばれている。

職員たちが一生懸命に仕事をしている。

「寒いけど我慢してくれ、暖かくすると肉が腐るからな」

ゲンツさんは一番奥の大きなテーブルに向かう。

それでも、オークが一体載るぐらいのスペースしかない。

「すまないがこの上に頼む。残りはその近くの床に置いてくれればいい」

言われたとおりにクマボックスから出す。

「ありがとうな。流石にオークを運ぶのは大変だからな。でも、いいのか。俺たちが解体すると買い取り金額が下がるぞ」

「解体できないからいいよ。それにお金に困っていないから」

「まあ、確かにこれだけ売れれば金はあるか。話は変わるがクマの嬢ちゃんはランクはいくつになった?」

「今さっき、Dランクになった」

「Dランクか。それはそうか、オークにゴブリンキングを倒せるんだもんな。少し頼みを聞いてもらえないか」

「なに?」

「クマの嬢ちゃん、剝ぎ取り、解体できないだろう」

「…………」

「それで、うちに来ている若い者の一人に解体の仕事を与えてやってくれないか」

「それじゃ、ギルドの収入源が減るんじゃ」

「クマの嬢ちゃん一人ぐらいの買い取りがなくなっても平気だよ。どれだけの冒険者がいると思っているんだ」

確かにそうだ。わたしが来る前からギルドはちゃんと運営されている。だから、わたし一人ぐらいいなくなっても問題はない。

「でも、どうしてその一人なの」

「ああ、まだ未成年で、ギルドの職員じゃない。おまえさんも知っている女の子だ」

「……もしかして、フィナ？」

わたしの知り合いで未成年の女の子は一人しかいない。

「クマの嬢ちゃんも知っているだろう。あの子の家族のことは」

頷(うなず)く。

父親はなく、母親は病気、３つ下の妹がいる。

「俺もあいつには仕事を与えているが、基本的にギルド内で仕事が回らないときだけ。ほとんどがギルド職員だけでことが回ってしまう」

「つまり、わたしからフィナに仕事を回してやってほしいってこと？」

「そうだ。あの年で解体はかなりの腕だ。剝ぎ取りも上手(うま)いから商品に傷をつけることもないはずだ」

「別にいいけど。わたし、いつこの街を出ていくか分からないよ」

まだ決めていないが、王都にも行ってみたいし。

他の国にも行ってみたい。

「それでも構わない。クマの嬢ちゃんがこの街にいる間だけでいい。あいつに仕事を回してやってほしい」

「ちなみにいくらあげたらいいの。わたし、解体の相場は分からないんだけど」

「ギルドでは2割もらっている。だから、解体した素材の売り上げの一割でもあげてくれればいい」

「一割でいいの？」

「それでも多いくらいだ。もし、多いと思えば減らせばいいしな」

「了解」

「それじゃフィナを呼んでくるから待っててくれ」

ゲンツさんは嬉しそうに奥の部屋に向かう。

奥の部屋に入ったと思ったら、すぐにフィナを連れて戻ってくる。

「ユナお姉ちゃん！」

走ってくるとわたしに抱きついた。

うん、可愛いね。

頭を撫（な）でてあげる。

「フィナ、元気にしてた？」

「はい。それで、ユナお姉ちゃんがわたしに仕事をくれるって本当ですか」

「うん、これから、わたしが魔物を倒してきたら解体、お願いね」

「はい、頑張ります！」

嬉しそうに微笑む。

「フィナ。だから、しばらくはこっちに来なくていいぞ」

「でも」

「ここ最近、仕事が多かったのは嬢ちゃんが解体もせずに持ってきたせいだから。この嬢ちゃんがフィナに仕事を渡せばギルドでの仕事は減る。でも、今日はしっかり働いてもらうから安心しろ。今日もこのクマの嬢ちゃんがウルフ、一角ウサギ、オークと、それぞれ10匹ずつ持ってきてくれた」

「そんなに！」

「それで、わたしは明日からどうしたらいいの」

「わたしが、ユナお姉ちゃんの宿に行っていい？」

「いいけど」

「それじゃ、7時頃行くね」

早いと思うがこの世界の住人は日の出がくると働き出す。

その代わりに日が沈むと仕事は終了となる。

魔石で光は灯せるがそうまでして仕事をする人はいない。

フィナと明日の約束をして倉庫から出る。

外は倉庫の中と違って暖かい。

ゲンツさんから本日の魔物の買い取り金額をもらって宿に戻る。

19 クマさん、二つ名はブラッディベアー

本日も宿で朝食を美味しくいただいている。

食事を作らないでいい生活って素晴らしい。

そんな引きこもりの夢を味わっていると、元気よくフィナが入ってくる。

「ユナお姉ちゃん、おはようございます」

「おはよう」

挨拶をして温かいスープを飲む。

温かくて美味しい。

「ちょっと待っててね。もう少しで食べ終わるから」

「はい、大丈夫です」

「エレナさん、フィナに飲み物をお願いしていい？」

店の中を動いていたエレナさんは返事をすると厨房に向かう。

「ユナお姉ちゃん？」

「いいから、座って。今日の話もあるから」

わたしが言うと素直に目の前の椅子に座る。

すぐにエレナさんが飲み物を持ってきてくれる。

「それでフィナ。いろいろ分からないことがあるから教えてくれる？」

「はい」

「解体に必要なものってある？　ナイフぐらいしか分からないんだけど」

「基本的にはナイフだけで大丈夫です。切れ味がよければよいほど綺麗に解体できます。切れ味が悪いとウルフなどの毛皮が綺麗に剝ぎ取れません。上位の魔物だと、普通の鉄のナイフでは解体できない場合もあります」

「フィナのナイフは？」

「鉄のナイフですが、ゴルドさんが作ってくれたナイフだからいいやつです」

「他に必要なものはある？」

「あとは解体する場所かな。近くに水があると助かるけど」

「それだけ？」

「あとは細かいことがいろいろあるけど、砥石とか解体した素材を保管する場所とか。時間がたつと肉とか傷んじゃうから」

「とりあえず、砥石、解体する場所、保管する場所が必要ってことだね」

なら、大丈夫かな。先日、作ったものが使える。

「あとフィナに一つ聞きたいんだけど。わたしが依頼の仕事をしているときどうしてる？

一緒についてくる？　それとも待っている？」

「ついていきたいけど、足手まといになるから」

「ついてきたいって、どうして？」

「ユナお姉ちゃんについていけば、お母さんの薬草を採ってこられるかもしれないから」

そういえば、わたしと初めて会ったときもお母さんのために薬草を探していた。

「それじゃ、ついてくる？」

「いいの？」

「フィナ一人ぐらい守れるから大丈夫だよ。あと、お母さんに一度挨拶（あいさつ）したほうがいいかな？」

一応、娘さんに仕事を頼むことになる。でも、フィナが首を横に振る。

「大丈夫です。ちゃんとお母さんには伝えておきますので」

そう言われたら、会いに行くことはできない。

朝食をとり終えると、依頼を探しにギルドに向かう。

ギルドに入るとヘレンさんが受付で忙しそうに冒険者の対応に追われている。

わたしはわたしでのんびりとDランクの依頼のボードに向かう。

その後ろにフィナがついてくる。

Dランクのボードの前には人があまりいない。

Eランクのボードの前が一番人が多い。

何人かがわたしを見るが声をかけてくる者はいない。

まあ、忙しい朝だし、みんな仕事の取り合いでわたしに構っている暇なんてないんだろう。

ボードの前まで来て依頼を眺めるが面白い依頼がない。

・商人を王都まで護衛。
・オークの討伐、肉も含む。
・オニザルの討伐、作物を荒らされて困っている。
・剣、魔法の先生、Dランク以上求む。
・メルメル草の入手。
・ホエール山の魔物の異常発生の原因を調べてくれ。
・ホエール山より鉄鉱石を運んでくる。

…………


「面白い依頼がないね」

「ユナお姉ちゃん、そんな理由で選ぶの？」

「そうだけど。やるなら面白いほうがいいじゃない」

次にCランクのボードへ向かう。

冒険者は4人しかいない。

でも、みんな同じパーティーの仲間っぽい。

話し合って仕事を選んでいる。

邪魔にならないように隙間からボードを眺める。

・ワイバーンの素材。
・オークの群れの討伐。
・サーモーグ砦の防衛。
・ザモン盗賊団の殲滅。
・オーガの素材。

…………

面白そうなのはあるが魔物の居場所が分からないから入手が面倒なものばかりだ。

魔物のいる場所が分かればワイバーンなんかよかったけど。

「おい、変な格好をしたお嬢ちゃん。このボードはCランクだぞ」

4人グループの20歳過ぎの一人の男が声をかけてくる。

「分かってる。Cランクにはどんな依頼があるか見ているだけ」

「見ているだけって。まあ、どんな依頼があるのか調べるのも勉強になるからな」

「その子、噂のEランクのクマの女の子じゃない」

魔法使いの格好をした女性がわたしを見る。

「えっと、Dランクだよ」

一応訂正を入れておく。

「おまえがDランクだと」

「一応、昨日なったばかりだけど」

「他のメンバーは？　……そのチビッコは年齢が達してないな」

フィナはパーティーメンバーにするには年齢が達していないことに気づいたのだろう。

「確か、噂のブラッディベアーはソロじゃなかったっけ」

「なんだ、そのブラッディベアーって」

あ、それ、わたしも知りたい。

昨日、気になった。

「なんだ、トウヤ知らないのか」

パーティーのリーダーっぽい人が話に交じってくる。

「クマの格好をした少女に喧嘩を売った冒険者が血みどろになるまで殴られ続け、謝っても許されなかったという。少女は相手が倒れても殴り続け……その場にいた冒険者全員、血みどろになるまで殴り続けたそうだ」

なに、それ、怖い。

どこのクマよ。

「さらに、そのクマの格好をした少女は魔物を解体もせずに血みどろの状態で毎日、ギルドに持ってくるって最近話題になっている」

そりゃ、剣で斬ったり、魔法で倒せば血は流れるでしょう。

しかも、すぐにしまうから、クマボックスから出したとき血が流れるんだよ。

「そんな見た目と行動からブラッディベアーと呼ばれている」

「知らなかった。そんなクマがいたなんて」

わたしも知らなかったよ。

そんなクマがいたなんて。

「まあ、おまえはあまりギルドに来ないからな」

「それじゃ、このクマの嬢ちゃん、有名なのか」

「ゴブリンの群れの討伐、ゴブリンキングの討伐、オークの討伐を一人でこなしているからギルドじゃそれなりに有名だぞ」

「そうね、格好もそうだけど。実力もあるから最近有名になってきているわね」

「メルも知っているのか」

「情報収集は冒険者としてあたりまえよ」

「そうか、クマの嬢ちゃんすまなかったな、変な格好をした初心者かと思ってな」

悪い人ではないらしい。

わたしのことをなにも知らない初心者と思って、依頼ボードが違うことを注意してくれたようだ。

「ううん、わたしのことを心配してくれたみたいだから」

「そうか、それじゃ、俺たちは行くから、まあ、なにかあったら声でもかけてくれ」

話し合いで依頼を決めたのか４人は依頼書を持って受付に向かう。

わたしも日帰りでできそうな依頼をＤランクから決める。

「ユナお姉ちゃん、決まったの？」

「ええ。それじゃ、わたしたちも行こう」

わたしはフィナを連れて依頼を受けに行く。

20 クマさん、クマの召喚獣を召喚する

空(す)いている受付で依頼を受けてギルドを出る。

「ユナお姉ちゃん、なんの依頼を受けたの」

「タイガーウルフの討伐だよ」

「ユナお姉ちゃん！」

「なに？」

「タイガーウルフってウルフよりも大きくて、強いって聞いたよ。大丈夫なの」

心配そうにわたしのクマの服を掴(つか)んでくる。

「大丈夫じゃない？」

ウルフを大きくしただけのものだろうし。

不安そうにするフィナの頭を撫(な)でて街を出る。

門には遅めの出発をする商人、冒険者が並んでいる。

わたしたちも並んでギルドカードを見せて街を出る。

門を通り抜けて、数分歩き、道から少し離れて周りに人がいない場所に移動する。

何人かの冒険者は遠くからわたしたちのことを眺めている。

気にせずに歩みを止める。

「ユナお姉ちゃん？」

「乗り物を出すから待って」

フィナに少し離れるように言って、両手についている白クマ、黒クマの腕を伸ばす。

魔力を流す。

クマの口が大きく開くと左右の口から白い物体と黒い物体が飛び出す。

その物体はモソモソと動きだす。

それはゆっくりと４本足で立ち上がる。

はい、召喚獣クマです。

黒クマと白クマがわたしの目の前にやってくる。

擦(す)り寄ってくるので顔や顎(あご)を撫(な)でてやる。

気持ちよさそうに目を細めている。

ふかふかして肌触りがいい。

わたしの頬(ほお)に優しく触(ふ)れてくる。

「ユナお姉ちゃん！」

フィナは後ずさりする。

「大丈夫。わたしの召喚獣だから、安全だよ。ほら、フィナも触ってみて」

フィナは恐る恐る近づいてクマに触る。

クマがなにもしてこないことが分かるとフィナは笑顔になる。

「それじゃ、フィナはくまきゅうに乗って」

「くまきゅう？」

「白いクマがくまきゅう、黒いクマがくまゆるって名前だよ」

くまきゅうはフィナが乗りやすいように腰を下ろしてくれる。

「大丈夫だから」

フィナは恐る恐るくまきゅうに乗る。

フィナが乗るとくまきゅうがゆっくりと立ち上がる。

「うあああ」

「しっかり掴まっていれば大丈夫。まあ、くまきゅうの能力があるから自分から飛び降りない限り落ちないよ」

意外と目線が高くなるので、慣れないと怖いかもしれない。

「たとえ、寝てても掴まってなくても落ちないから」

フィナを落ち着かせてわたしもくまゆるに乗る。

「初めはゆっくり行くけど、慣れたら走るからね」

「う、うん」

クマに跨ったわたしたちはタイガーウルフがいる山に向けて走りだす。

それを見ていた近くの冒険者や商人、旅人が、わたしたちを好奇の目で見ていたのは言うまでもない。

初めは人目を気にして召喚をしようと思ったけど、毎回毎回、街を離れてから召喚するのも面倒だと思ったので、人の目を気にせずに召喚をすることにしたのだ。

わたしたちを乗せたクマは徐々に速度を上げていく。

目指すのはゴブリンキングがいた山のさらに奥だ。

「あはははは、すごい！」

フィナは楽しそうにしている。

時速は何キロ出ているか分からない。

クマにはメーターがついていないし。

車もバイクも乗ったことがないから、体感速度は分からない。

でも、かなり速度が出ているのは分かる。

スピードは出ているが、クマ全体を包むように力が発生しているので風圧を受けることはない。

だから、寝ていても目的地まで着くことができる。

途中からさらに速度を上げ、ゴブリン討伐で情報を得た村の近くに到着する。

くまゆるたちを見て驚かせても迷惑になるから村を通らずに山に入っていく。

山に入ると流石（さすが）に速度は落ちる。

ここからはのんびりと登っていく。

「確か、このあたりだったかな」

依頼書にはこのあたりに出ると書かれていた。

山の途中に平地を見つけ、くまゆるから降りる。

「この辺りでいいかな」

周りの障害物や広さを確認する。

クマボックスからあるものを取り出して設置する。

「ユナお姉ちゃん！」

出てきたものに対してフィナが叫ぶ。

今日のフィナは叫んでばかりだね。

現れたのは家、クマの形をした家。

2階建てのクマハウスがわたしたちの前にある。

外観はずっしりとクマが4本の脚で立っている姿になっている。

玄関は大きく開いたクマの口になっていて、2階は子グマが乗っている外観になっている。

その家の隣には倉庫もついている。

「とりあえず、中に入って休憩にしようか」

「……うん」

くまゆるたちには庭で待っててもらう。

わたしたちはクマに食われるように口の中に入っていく。

クマハウスに入ると中は日本風の佇(たたず)まいになっている。

「ああ、そこで靴脱いでね」

この世界の風習は分からないけど、一応伝える。

玄関で靴を脱ぐと次は居間になる。

一階は居間、台所、お風呂場、トイレ、ミニ倉庫になっている。

2階はわたしの部屋と客間がいくつか用意されている。

屋上は子グマの頭の位置にあり、洗濯物でも干そうかと考えている。

「ああ、そのへんにでも座ってて」

ソファーもどきの椅子を指す。

「ユナお姉ちゃん」

「なに？」

「このおうちなに？」

部屋を見渡してから聞いてくる。

「わたしが魔法で作った家だよ」

魔法の実験でクマボックスには、ものが大きさも量も無限に入ると分かったので、移動用に土魔法で家を作ったのだ。

クマの形をしているのは、そのほうが強度が増すため。

内装は好きなように土魔法で壁を作り、部屋割りを決めた。

水が必要な部屋は水の魔石を購入して設置してある。

台所には冷蔵庫も置いてある。

光の魔石も各部屋に設置してあるから、夜でも明るい。

この家に足りないものは、テレビとパソコンぐらいだろう。

それがあれば引きこもれる家が完成する。

台所に行って冷えた果汁をフィナに渡す。

「ユナお姉ちゃんはどこかの貴族様ですか？」

「違うよ」

「それじゃ、お姫様ですか？」

「わたしみたいなお姫がいるわけないじゃん。普通の冒険者だよ」

フィナはなにか言いたそうだったが口を閉じた。

「それじゃ休憩をしたら、わたしはタイガーウルフを探しに行くね」

「わたしは？」

「フィナはくまきゅうと一緒にお母さんの薬草でも探してきていいよ。くまきゅうがいれば安全だから。もし、危ないと思ったら家に戻ってくれれば安全だからね」

「…………」

「あと、隣の倉庫に魔物を置いておくから、時間があったら解体をお願い」

「解体はあとでいいの？」

「それはフィナ次第じゃない？　解体して売った金額の一割がフィナの収入になるんだから。早く薬草を見つけて解体するのも、ずっとお母さんの薬草を探すのもフィナ次第」

「うん、分かった」

「それじゃ隣の倉庫に行こうか、説明するから」

倉庫には家からも外からも行けるようになっている。

倉庫は20畳ほどの大きさがある。

倉庫の中は水と作業台が設置されているだけであとはなにも置いていない。

壁際にウルフと一角ウサギを10匹ほどクマボックスから取り出しておく。

「別に全部やらなくてもいいからね。解体が終わったら、こっちの部屋にしまっておいてくれる？」

隣の部屋は冷蔵倉庫になっている。

主に大量に冷やしておきたいものを入れるために作った場所だ。

クマボックスだと時間停止するため冷やすことはできない。

もっともクマハウスをクマボックスに入れれば時間は停止してしまうんだけどね。

「それじゃ、行ってくるから気をつけてね。なにかあっても、くまきゅうに頼れば平気だから」

21 クマさん、タイガーウルフの討伐に行く

クマハウスを出てくまゆるに乗って移動する。
クマの靴を使っても問題はないんだけど。
最近の移動はくまゆるとくまきゅうがお気に入りだ。
片方に乗り続けると機嫌が悪くなるので交互に乗ることにしている。
くまゆるに乗りながら探知スキルを使い、この辺りを調べる。
無数の魔物が探知に引っかかる。
その中からタイガーウルフの反応を見つける。
これかな？
「2頭いるみたい。番(つがい)かな」
くまゆるに向かう方角の指示を出す。
くまゆるは走りだし、木と木の間を駆け抜けていく。
枝とか草むらはくまゆるが全て掻(か)き分けて進んでいく。
クマの靴で走りぬけると、こうはいかない。

近くにウルフとかもいるが本日は無視して進んでいく。

しばらく進んでいくとタイガーウルフの反応が近くなる。

くまゆるに止まるように指示を出す。

近くに水の流れる音が聞こえる。

どうやら川の近くにいるみたいだ。

くまゆるから降りてゆっくり行くか、このままくまゆるに乗っていくか悩みどころ。

襲いかかってくるならいいけど、逃げられでもしたら追いかけるのも面倒なことになる。

まして2頭いるのだから。

これがゲームの狩人とかなら風向きとか匂いとかで気づかれないように進むのだろうが、そんなスキルは持ち合わせていない。


やっぱり、くまゆるで突入かな？

くまゆるにタイガーウルフがいる場所に向かうように指示を出す。

くまゆるが走りだす。

山の中を黒い影が駆け抜ける。

くまゆるが川に出ると、そこには2頭の大きなトラ、タイガーウルフが休んでいた。

こちらに気づくとのっそりと立ち上がる。

「ギュウルル」

様子を窺っている。

「思っていたよりも大きいね」

一頭はくまゆると同じくらいの大きさがある。

もう一頭はさらにひと回り大きい。

小さいほうがメスで大きいほうはオスかな？

くまゆるからゆっくりと降りる。

顔を撫でて、小さいほうの相手をくまゆるにお願いする。

2頭のタイガーウルフに向かって風魔法を飛ばす。

タイガーウルフは鋭敏な動きで簡単にかわす。

くまゆるはメスのタイガーウルフに向かって走りだす。

わたしは炎の魔法をオスに向かって飛ばす。

タイガーウルフは右にかわし、そのままわたしに向かってくる。

速い！

ウルフと違ってスピードも瞬発力も違う。

一瞬でタイガーウルフが間合いに入ってくる。

土の壁を作る。

でも、簡単に破壊される。

うーん、強い魔物だと普通の魔法は効かないみたい。

飛びつかれる距離まで迫られる。

上空にジャンプして逃げる。

タイガーウルフは上を見て唸っている。

滞空時間を利用して上空で悩んでいると。

タイガーウルフがジャンプしてきた。

「嘘！」

落下中のわたしに向かってタイガーウルフが鋭い牙を向けてくる。

「クマパンチ」

口を開けているタイガーウルフの横っ面を殴り飛ばす。

タイガーウルフは地面に叩きつけられる。

わたしは着地と同時に無数の氷の矢を飛ばす。

氷の矢は全て弾かれる。

ゴブリンキングもそうだったけど、やっぱり強い魔物となると普通の魔法では倒せないみたいだ。

それならとゴブリンキングを倒した方法を試してみる。

地面に深い穴を掘ってタイガーウルフを落とす。

穴に近寄って攻撃をしようとした瞬間、タイガーウルフは壁を駆け上ってくる。

そのままの勢いで爪がわたしに襲いかかってくる。

後方にステップしてかわす。

落とし穴はだめみたいだ。


その一方でくまゆるはひと回り小さなタイガーウルフと戦っていた。

爪と爪の攻防。

牙と牙の攻防。

互角の戦いをしている。

普通のクマだったらスピードで負けるところだが、うちのクマはスピードもある。タイガーウルフよりも速い。持久力もあり街からこの場所まで走ってきても疲れる様子はない。

でも、うちのクマと互角とはあのタイガーウルフ、意外と強いな。


あっちのタイガーウルフはくまゆるに任せて目の前のタイガーウルフを倒すことにする。

あの毛皮は欲しいから、なるべく傷つけたくないけど、どうするかな？


「……！」

いい考えが浮かぶ。

わたしは手に魔力を集める。

「ウォーターベアー」

水の形をしたクマが現れる。

水のクマはタイガーウルフに向かって走りだし、タイガーウルフを両腕でしっかりと捕まえる。

そのまま顔を自分の体に押しつける。

タイガーウルフの顔は水のクマの中に入っていく。

タイガーウルフは水のクマに押さえつけられて動けない。口から大量の空気を吐き出し、息苦しそうに頭を振っている。

クマ系の魔法はやっぱり強いな。

くまゆるのほうを見るとタイガーウルフを押さえつけているところだった。

水の玉を作り、タイガーウルフに向けて放つ。

水の玉はタイガーウルフの顔を包み込む。

2頭のタイガーウルフは逃げ出そうとするが、水のクマ、くまゆるにそれぞれ押さえつけられて逃げ出すことはできない。

しばらくすると、2頭は動かなくなる。

討伐終了。

クマボックスにタイガーウルフをしまい、クマハウスに戻ることにする。

22　フィナとクマさん　その2

さて、今日も目覚めるとお母さんと妹の朝食を作ります。

今日のお母さんの体調はよさそうです。

妹は眠い目を擦って起きてきます。

2人が食事を終えるのを待ってからギルドに向かいます。

嬉しいことにギルドに着くと、解体されていないウルフが大量に持ち込まれたそうです。

本日は仕事がもらえるそうです。

ギルドの奥にある冷蔵倉庫に向かいます。

冷蔵倉庫は寒いです。

肉が傷まないようにするための処理なので仕方ありません。

でも、倉庫に備えつけのウルフ毛皮で作られた防寒具がありますので借ります。

職員用なので少し大きいですが仕方ありません。

でも、暖かいです。

冷蔵倉庫の奥に行くとウルフが山積みになっています。

そのうちの一匹をテーブルの上に載せます。

少しテーブルが高いのでわたし専用の足場を用意します。

これでウルフの解体がしやすくなります。

ナイフでウルフのお腹を切り裂いて、綺麗に毛皮を剝ぎ取っていきます。

これは綺麗なウルフです。

剣とかで何度も攻撃して倒したウルフと、一撃で倒したウルフとでは毛皮の価値が変わってきます。このウルフは一撃で倒されています。

優秀な冒険者が倒したみたいです。

それなら解体もせずに持ってくるのも分かります。

下位冒険者は解体の手数料を取られるくらいなら自分たちでします。

上位冒険者ならウルフをわざわざ解体してまでお金を稼ぐ必要はありません。

わたしにとってはありがたいことです。

毛皮を剝ぎ取ったら、肉を部位ごとに分けていきます。

この肉は宿屋、食べ物屋、一般家庭に売られます。

余った半端分は売り物にならないのでもらえます。

今日の夕食はお肉が食べられます。

ギルドに感謝です。

最近、ギルドに行くと毎回、解体の仕事があります。
嬉しいことです。
先日はゴブリンキングがありました。
流石にゴブリンキングの解体はしたことがありません。
勉強のためギルドの先輩たちの仕事を見させてもらいます。
ゴブリンキングはかたいそうです。
ナイフが体になかなか刺さりませんでした。
ゴブリンキングの体には無数に刻まれた痕がありました。
倒した人はどうやって攻撃をしたのでしょうか。
正面の体は傷が酷かったけど背中は綺麗でした。
正面から戦ったのでしょうか。
凄い冒険者もいたものです。

今日もウルフの解体がありました。
どうやら、持ってきているのは同じ冒険者らしいです。
その人はクマの格好をした女の子だそうです。
ユナお姉ちゃんでした。
ユナお姉ちゃんは間接的にわたしを助けてくれたみたいです。

今日も行くと一角ウサギがあるそうです。
毛皮がふかふかして気持ちいいですよね。
角もなにかの薬になると聞きました。
でも専門外なので詳しくは分かりません。
わたしの仕事は解体です。
毛皮、角、肉と分けていきます。
妹にこの毛皮で服を作ってあげたいです。
欲しいけど決して盗むことはしません。
仕事をくれるゲンツおじさんの信頼を裏切ることになります。

今日も仕事があります。
嬉しい限りです。
ウルフを解体していると、数人のギルドの職員が呼ばれて倉庫から出ていきます。
話を聞いていると解体をしていない魔物の素材が大量に運ばれてきたそうです。
もしかして、ユナお姉ちゃんかもしれません。
確認に行きたいですけど、仕事場を離れるわけにはいきません。
目の前のウルフを解体していると、ゲンツおじさんがやってきました。

なんでも、ユナお姉ちゃんが解体の仕事に専属で雇ってくれるそうです。
解体も途中だったけど、ユナお姉ちゃんのところに連れていかれます。
ユナお姉ちゃんがこの街にいる限り仕事を回してくれることになりました。
安定して仕事がもらえるのは嬉しいです。
まだ、今日は仕事があるので明日の約束をして別れます。

翌日、朝早く起きて約束の時間にユナお姉ちゃんが泊まっている宿に行きます。
仕事がもらえることに感謝です。
宿に着くとユナお姉ちゃんは朝食をとっていました。
早く着きすぎたみたいです。
ユナお姉ちゃんに呼ばれて果汁をもらいました。
とても美味しかったです。
そして、今日の予定のことを話しました。
ついてくるのか、残るのか聞かれました。
もし、森に行くのでしたらついていきたいです。
お母さんの病気に効く薬草を見つけられるかもしれません。
でも、迷惑なら残ります。
そしたら、ユナお姉ちゃんはわたしぐらい守れるわって言ってくれました。

一緒についていくことになりました。

本当にいいのでしょうか。

ギルドに着くと依頼のボードのところに向かいます。

わたしは邪魔にならないように少し離れた位置からユナお姉ちゃんを待ちます。

すると、ユナお姉ちゃんがまた冒険者に絡まれます。

やっぱり、あのクマの格好が目立つせいでしょうか。

でも、今回はなに事もなく、冒険者とは離れます。

よかったです。

ユナお姉ちゃんは依頼を決めたようで受付に向かいます。

わたしは尋ねました。どんな依頼を受けるのかと。

するとユナお姉ちゃんは言いました。

「タイガーウルフの討伐だよ」

一瞬、言葉が出ませんでした。

驚きました。

わたしはよく分かりませんけど、Dランクの仕事は一人でやるものなのでしょうか。

皆さんはパーティーを組んで戦っているようですが。

よく分かりません。

そんな依頼にわたしが本当についていっていいのでしょうか。

23　フィナとクマさん　その3

門を抜けて街の外に出ます。
そういえば、目的地を聞いていません。
タイガーウルフは近くの森に出るのでしょうか。
すると、ユナお姉ちゃんが遠いから乗り物を出すと言いました。
出す？
意味が分かりません。
わたしに少し離れるように言います。
ユナお姉ちゃんがクマの手袋を翳(かざ)すと黒い物体と白い物体が出てきました。
なんでしょうか？
大きな物体は動きました。
クマです。
大きいです。
怖いです。

立ち上がって、ユナお姉ちゃんに擦り寄っていきます。

ユナお姉ちゃんは抱きしめるように頭を撫でています。

そんなユナお姉ちゃんを見ていると、

「大丈夫。わたしの召喚獣だから、安全だよ。ほら、フィナも触ってみて」

と言われました。

怖いですが、ゆっくりと近づき触れます。

柔らかいです。

それに意外と可愛いです。

名前は白いほうがくまきゅう、黒いほうがくまゆるだそうです。

わたしはくまきゅうに乗せてもらうことになりました。

乗りました。

目線が高くなって少し怖かったです。

でも、安定感があり、落ちそうにありません。

初めは歩きだし、慣れてくると速度を上げます。

楽しいです。

速いです。

景色がどんどん変わっていきます。

こんな遠くまで来たのは初めてです。

山を登っていきます。

ユナお姉ちゃんが止まります。

山の平地になっているところで休憩をするそうです。

確かに、乗っているだけでも疲れました。

くまきゅうにお礼を言って降ります。

そして、白いクマさんもくまゆるから降りると、場所の確認をしています。

ユナお姉ちゃんがなにかをしました。

わたしはなにを言っているのでしょうか。

もう一度確認します。

ユナお姉ちゃんはクマさんの手袋を前に翳（かざ）すと、目の前にいきなり家が現れました。

そしたら、家が現れました。

やっぱり、分かりません。

家ってこんなに簡単にできるものなのでしょうか。

そんなことはないはずです。

子供のわたしでも知っています。大工さんが造るものです。

でも、どうして家の形がクマなのでしょうか？

わたしは疑問に思ってクマの家を見ていましたが、

「とりあえず、中に入って休憩にしようか」

と言うユナお姉ちゃんの言葉に頷くことしかできませんでした。

家の中は見たこともない部屋でした。

入り口で靴を脱ぐように言われます。

床は綺麗です。

確かにこれを汚すわけにはいきません。

靴を脱いで部屋の中に入ります。

ユナお姉ちゃんの勧めで椅子に座ります。

緊張しながら周りを見ているとユナお姉ちゃんが果汁を持ってきてくれました。

冷えていて驚きました。

でも、それはとても美味しかったです。

わたしは気になったことを尋ねます。

「ユナお姉ちゃんはどこかの貴族様ですか？」

「違うよ」

「それじゃ、お姫様ですか？」

「わたしみたいなお姫がいるわけないじゃん。普通の冒険者だよ」

どちらも違ったみたいです。

でも、普通の冒険者ではないと思います。

こんなクマの家を造り出したり、クマを出したり、一人で魔物を倒したり、なによりもクマさんの格好をした普通の冒険者はいないと思います。

質問を終えたあと、果汁を飲みながら今日の予定の話をします。

ユナお姉ちゃんは一人でタイガーウルフを探しに行くそうです。

わたしはこの山の中で薬草を探す許可をもらいました。

解体をするのも自由と言われました。

とりあえず、少しだけ薬草を探しに行くことにしました。

一人では怖いですが、くまきゅうが一緒にいてくれるそうです。

それなら安心です？

少し探して見つからないようだったら解体の仕事をすることにします。そのために来たのですから。

ユナお姉ちゃんはくまゆると一緒に出ていきました。

わたしもくまきゅうに乗って薬草を探しに行きます。

くまきゅうに乗って山の中を歩きます。

解体もしたいから、早く薬草が見つかるといいんだけど。

このクマさんが薬草を探してくれるとうれしいのですが。

「くまきゅう、薬草を見つけられる？」
だめもとで尋ねてみます。
くまきゅうは首をこちらに向けると頷きます。
えっ、分かるのでしょうか。
くまきゅうはどんどん、進んでいきます。
探してくれているのでしょうか。わたしもくまきゅうの上から薬草を探します。
何度も見ている薬草なので遠くからでも見つけることはできます。
すると、くまきゅうが速度を上げます。
あれは！
くまきゅうの走る先に薬草が見えます。
凄いです。
くまきゅうから降りて薬草を採ります。
全部採ると次が育たなくなるので半分だけにします。
それでもかなりの量になります。
こんな山の奥だから誰も採りに来ないのでしょうか。
薬草を採っていると草を掻き分ける音がします。
音がしたほうを見ると、ウルフがいました。
わたしが驚いて後ずさりすると、ウルフはすぐさまに逃げ出しました。

そうでした。わたしにはくまきゅうがいるのでした。

ウルフはくまきゅうを見て逃げ出したのでしょう。

「くまきゅう、ありがとう」

頭を撫(な)でてあげます。

うーん、可愛(かわい)いです。

薬草を袋にしまい帰ることにします。

早く見つかってよかったです。

これで戻って解体作業ができます。

さて、帰りましょう。

くまきゅうに乗ります。

帰ろうとして気づきました。

帰り道が分からないことに。

どちらに向かえばいいか分かりません。

迷子です。

そう思ったら、くまきゅうが普通に歩きだします。

帰り道が分かるのでしょうか。

「お家の場所分かるの？」

尋ねてみると、頷(うなず)きます。

わたしよりも賢いクマさんです。

しばらくするとクマさんのお家が見えてきました。

迷子にならずによかったです。

くまきゅうに感謝です。

24　クマさん、帰るまでが仕事です

タイガーウルフを倒したわたしは、くまゆるに乗ってクマハウスに戻ってきた。

クマハウスの前にはくまきゅうが丸くなって気持ちよさそうに寝ている。

フィナはクマハウスにいるようだ。

くまゆるに休むように言い、倉庫に向かう。

中に入るとフィナが魔物の解体をしている。

「あっ、ユナお姉ちゃんお帰りなさい」

倉庫に入ってきたわたしに気づいたフィナが出迎えてくれる。

「ただいま」

「ユナお姉ちゃん、帰ってくるの早いけどタイガーウルフは？」

「倒してきたよ」

クマボックスからタイガーウルフを2頭出す。

「ユナお姉ちゃん凄(すご)いね」

大きなタイガーウルフを見て驚いている。

「確かに、強かったね。普通の魔法は効かないし、動きも速いから奥の手を使う羽目になったよ」

「それでも倒せるユナお姉ちゃんは凄いと思うよ」

「ありがと。それで、フィナは薬草は探しに行ったの？」

「はい、くまきゅうに手伝ってもらいました」

「くまきゅうに？」

「はい、くまきゅうが薬草を見つけてくれたので、すぐに帰ってこられました。わたしが薬草のある場所分かる？って聞いたら、薬草がある場所に連れていってくれたんです」

くまきゅうにそんな能力があるなんて知らなかった。

今度、薬草が必要になったら試してみよう。フィナは会話をしながらも解体を続けていく。

見る間にウルフの毛皮が綺麗に剝がされていく。

上手いものだ。

「タイガーウルフは魔石だけでいいんですよね」

「うん、今は魔石だけでいいよ。あとで頼むかもしれないけど」

ウルフの解体に区切りがつくと、フィナは床に置いてあるタイガーウルフの魔石の剝ぎ取りを始める。

お腹を切り、迷いもなく手を入れて魔石を取り出した。

フィナは水で綺麗に洗った魔石を渡してくれる。

白く輝き、ウルフの魔石よりもふた回り以上の大きさがあった。

「魔石のある場所って分かるの？」

フィナは魔石の剝ぎ取りに、迷いなくナイフを入れ、手を入れて取り出していた。

「魔石は魔物の体の中央にある場合が多いです」

「そうなの？」

「はい、といってもわたしも全ての魔物を解体したわけじゃないから正確なことは言えないけど。でも、タイガーウルフの魔石がウルフと同じ位置なのは知ってましたから」

「フィナは凄いね」

「凄いのはユナお姉ちゃんです。こんな凄い魔物を一人で倒すんだから」

「ありがとう。それじゃ、遅くなったけどお昼にしようか」

魔石を剝ぎ取られた2頭のタイガーウルフをクマボックスにしまう。

「わたし、お昼の、用意、して、いないです」

下を向きながらフィナが小さく呟く。

「大丈夫、宿で用意してもらったから、手を洗ったら部屋に来て」

「はい」

クマハウスに戻り、冷蔵庫から果汁を出し、クマボックスから湯気が立ち上る温かい料理を取り出す。

時間停止さまさまだ。

テーブルに置いて準備ができるとフィナが部屋に入ってくる。

「温かいうちに食べようか」

フィナを料理が並べられている席に座らせる。

「美味しそうです」

フィナは並べられた料理を嬉しそうに見ている。

「それで、どうする？」

「どうする？」

フィナが首を傾(かし)げる。

「帰る？　それとも解体する」

「できれば解体をしたいです」

「なら、しばらくここにいることにするね」

「ありがとうございます」

食事を終えたわたしはフィナに2階で寝ることを伝え、自分の部屋に入る。

8畳ほどの少し広めの部屋だ。

部屋には少し大きめのベッドと丸いテーブルと4つの椅子。なにも入っていないタンス。

なにも入っていない本棚が置かれているだけだった。

クマボックスがあるとものを置かなくても困らない。

とりあえず、黒クマの服を裏返しにして白クマになり、ベッドに潜り込む。

数時間の昼寝をすることにする。

「ユサユサ、ユサユサ、

「ユナお姉ちゃん、ユナお姉ちゃん」

「フィナ？」

「起きてください」

「おはよう。解体終わったの？」

わたしは起き上がる。

「はい、終わりました。それで起こしに来ました」

「ありがとう」

あくびをしてベッドから降りる。

「ユナ、お姉ちゃん！」

わたしの格好を見てフィナの目が輝いている。

なんで？

「その白いクマさん、可愛いです」

ああ、今の格好は白クマだった。

「寝るときはね」

白クマを脱ぎ、裏返していつもの黒クマになる。

「それじゃ、帰ろうか」

「はい」

帰りはわたしがくまきゅう、フィナがくまゆるに乗る。

30分ほどで街に戻る頃には日が沈みかけていた。

流石(さすが)に10歳の子供を遅くまで連れ歩くわけにはいかないので、帰ってくることができてよかった。

門の前までくまゆるで来ると門兵が驚いて武器を構えている。

わたしとフィナはクマから降り、わたしはクマをしまう。

そして、なに食わぬ顔をして、街の中に入ろうとする。

「おい、さっきのクマはなんだ」

「召喚獣だけど？」

「そうか、召喚獣か」

なにか言われるかと思ったけど、わたしの格好を見て納得したのか、なにも言ってこなかった。

街に入ったわたしとフィナはギルドにタイガーウルフの討伐の報告に向かう。

25　クマさん、解体する場所を求めて

ギルドの前に来るとフィナは外で待っていると言うので一人で入っていく。

「それじゃ、すぐに戻ってくるから待ってて」

ギルドの中に入ると受付にいるヘレンさんのところに向かう。

「ユナさん、依頼の報告ですか？」

「うん、終わったからね」

「ではギルドカードをお願いします」

ギルドカードを渡す。

ヘレンさんはギルドカードに登録されている依頼内容を確認する。

「ユナさん、タイガーウルフの討伐を受けたんですか！」

「そうだけど」

「しかも、今日受けて、今日討伐してきたんですか！」

ヘレンさんの大きな叫び声で、ギルドにいる冒険者たちが騒ぎ始める。

「タイガーウルフだとよ」

「Dランクモンスターを一人で討伐かよ」

「でも、タイガーウルフが出た場所って、ここから離れた場所だろう。日帰りで帰ってこられるのか」

「おまえ、知らないのか」

「なにを」

「クマだよ」

「クマ？　あの嬢ちゃんの格好のことか？」

「違うよ。召喚獣のクマを呼び出して、それに乗っていったんだよ」

「召喚獣に？　クマ？」

「俺、見たぞ。しかも2頭、白と黒」

別の冒険者が話に割り込んでくる。

「2頭！」

「しかも、そのクマ、速かった」

後ろで話が盛り上がっているが、こちらも話が進んでいる。

「それではユナさん、タイガーウルフか討伐証明の魔石をお願いできますか」

クマボックスからフィナが解体してくれたタイガーウルフの魔石を2つ取り出す。

「2つですか？」

「2頭いたから倒してきたよ」

わたしの発言で後ろが騒ぐが無視をする。

ヘレンさんは魔石を受け取り、水晶板に載せる。

「はい、間違いなく、2つともタイガーウルフの魔石です。依頼では一頭でしたので討伐金には上乗せしておきますが、よろしいでしょうか」

「うん。いいけど。断った場合どうなるの」

「一頭分の依頼料しか支払いがされず、ギルドカードの登録も一頭の討伐扱いになりますが、魔石はお返しいたします」

「うん、今のところ魔石はいらないから2頭でお願い」

「分かりました。2頭討伐で登録させてもらいます。それで失礼ですが、タイガーウルフの素材はお持ちなのでしょうか」

ヘレンさんの目線がクマボックスに向かっている。

「あるけど、売らないよ」

「そうなんですか、ギルドとしては売ってもらえると助かるのですが」

「毛皮が欲しいからだめ」

縞模様のタイガーウルフの毛皮をフィナに剝ぎ取ってもらって、殺風景なクマハウスに飾ろうと思っているのだ。

壁に飾ってもよし、床に敷いてもよし。

「そうですか、毛皮は残念ですが、牙とか爪、肉はどうでしょうか」

「それはいらないから、解体したら持ってくるよ」

「ありがとうございます。それではこちらが依頼料となります。あとギルドカードをお返しします」

ずっしりと重いお金とギルドカードをクマボックスにしまう。

ヘレンさんと別れ、外で待っているフィナのところに行く。

「お待たせ、それじゃ帰ろうか」

「ウルフと一角ウサギは売らないの？」

「面倒だから今度売るよ。ちゃんとお金は支払うから心配しなくていいよ」

解体した素材はクマハウスに入れたままでクマボックスにしまうのを忘れただけなのだが。

でも、解体をしたフィナにお金を払わないといけない。

フィナに銀貨を渡す。

「ユナお姉ちゃん」

渡された銀貨を見てフィナが驚いている。

「いいから」

買い取りの受付をしているゲンツさんに魔物の解体の相場を聞いておいたのだ。

それよりも少し多めに渡している。

「病気のお母さんと幼い妹がいるんでしょう。だから、もしものときのために貯金をしておくといいよ」

「ありがとう、ユナお姉ちゃん」

にっこり笑うフィナの頭を撫でてあげる。

翌日もフィナが朝早く宿にやってくる。

昨日の今日だから休めばいいのにと言いたい。

わたしも今日は休もうと思っていたが、昨日伝えなかったわたしのミスだ。

解体するにも毎回外に出るのも面倒だし、どこか解体できる場所がないか相談するために冒険者ギルドに行ってみることにする。

宿屋を出たのが遅かったため、ギルドには冒険者が少ない。

受付で暇そうにしているヘレンさんのところに向かう。

「ユナさん、おはようございます」

「おはよう」

「今日も依頼ですか」

「ちょっと、聞きたいことがあって」

「なんでしょうか？」

「冒険者って、どこで解体しているの？」

「そうですね。討伐した場所で必要な箇所だけ解体する冒険者もいますし、魔物を持ち帰り、冒険者ギルドの解体場で解体する冒険者もいます」

ああ、ゲンツさんが仕事をしている場所かな。

「あと、自宅がある人は、自分の家でする方もいますね」

……それだ。

「それじゃ、家っていうか、土地を借りられる場所ってある？」

「それでしたら、商業ギルドに行くといいですよ。土地、建物も取り引きをしていますので」

商業ギルドがあるんだね。

「ありがとう。商業ギルドに行ってみるよ」

わたしはフィナを連れて、冒険者ギルドを出る。

「ユナお姉ちゃん、もしかして、家を借りるんですか？」

「土地かな。ほら、わたしにはあの家があるでしょう」

わたしの言葉にフィナは納得した表情をする。

「でも、わたしの解体をする場所だけのために」

「それだけのためじゃないよ。いつまでも宿屋に泊まっているわけにはいかないし、ちょうどよかったから、気にしないでいいよ」

わたしの言葉にフィナは少しだけ納得した表情をする。

そして、フィナに商業ギルドへ案内してもらう。

26 クマさん、クマハウスを設置する

「ユナお姉ちゃん、ここだよ」

街の中央より、少し西に位置する場所に商業ギルドがあった。

周りを見ると、あきらかに冒険者ギルドと入っていく人種が違う。筋肉バカや杖を持った魔法使いはいない。

一癖も二癖もありそうな商人風の人がたくさんいる。

冒険者ギルドとは別の、入りにくい空気が漂っている。

「ユナお姉ちゃん、入らないの？」

商業ギルドの入り口の近くで眺めているとフィナに話しかけられる。

気持ちを切り替えて中に入ることにする。

中は賑わっている。

そして、ここでもクマの格好が気になるのか、好奇の視線を集める。クマのフードを深く被り、視線を遮る。

フィナは周りをキョロキョロ見渡しながらわたしのクマの服を掴んでいる。

わたしはそのまま受付に向かう。

「いらっしゃいませ」

20代前半の女性が対応してくれる。

わたしの格好を見ても顔色を変えず、笑顔で対応をしてくれる。

流石商業ギルドの職員だ。

「えーと、土地を少し借りたいんだけど、冒険者ギルドで聞いたら、ここを紹介されて」

「はい、商業ギルドでは土地、建物の斡旋も行っています。それで、どのような土地をお探しでしょうか」

「家を建てて、魔物の解体でもしようと思っているんだけど。それで、土地を借りるとしたら、いくらぐらいになるのか知りたいんだけど」

「土地の大きさや、立地によって異なりますが、希望はありますか」

「多少離れてもいいけど、冒険者ギルドの近くがいいかな、大きさは普通の一軒家よりも広さがあれば」

解体する倉庫もあるから、普通より大きくなる。

それから、フィナの家の場所を聞いて、通える距離も希望に入れる。

「分かりました。それではお調べしてきますので、少々お待ちください」

受付から少し離れ、5分ほどで数枚の紙を持って戻ってくる。

「お待たせしました。5つほどありました」

「どれが、一番安い？」

「こちらですね、5つの中で冒険者ギルドから一番離れています。一か月、銀貨30枚になります」

一日銀貨一枚かな。

「安くない？」

「特に建物も建っていません。土地の使用代ならその程度になると思います。ただ土地をなにかに使用した場合、返却時に、元に戻してもらう可能性がありますので気をつけてください」

「ちなみに他の値段も聞いていい？」

「はい、それぞれ、銀貨90枚、75枚、48枚、35枚になります」

「5か所の立地を教えてくれる」

地図を出してそれぞれの場所を教えてくれる。

「うーん、90枚、75枚は高いからパスで、あと30枚の場所もパスで」

30枚は移動が不便な場所にある。

あとは35枚と48枚の場所。

ベストなのは48枚の場所。冒険者ギルドからもフィナの家がある場所からも近い。さらに今、泊まっている宿にも近い。

35枚のほうは冒険者ギルドは近いが、他の場所と比べるとフィナの家が遠い。

「こっちのほうをもう少し安くしてくれたら、こっちのほうがいいんだけど」

銀貨48枚のほうを指す。

「どうしましょうか？」

「失礼ですが、ブラッディベアーさんでしょうか？」

「…………」

「コホン、失礼しました。冒険者のユナさんでしょうか？」

「……そうだけど」

「ここしばらくウルフ、一角ウサギ、ゴブリンキングの素材をありがとうございます」

「……？　どうして商業ギルドがお礼を言うの？」

「知らないのですか？　冒険者ギルドと商業ギルドは繋がっているのです。冒険者ギルドで手に入った素材は商業ギルドに回され、商業ギルドで売られます。また、商業ギルドから護衛や品不足の魔物素材の確保を冒険者ギルドに依頼するなど、持ちつ持たれつの関係になっています」

「知らなかった」

「はい、それで最近、ウルフ、一角ウサギの流通量が増えて、商人の皆さんが喜んでいます」

「でも、わたし一人が売った数なんて商業ギルド全体からしたら微々たるものでしょう」

「いえ、ユナさんが持ってきてくださる素材はどれも高く取引されています。普通の冒険者は剣で何度も斬りつけるので、どうしても傷がいくつもできてしまいます。でも、ユナさんが持ってきてくださる素材はどれも綺麗なので人気があるんです。さらにゴブリンキングの珍しい素材も人気となりました」

「そうなんだ」

「はい、それで、先ほどの土地を銀貨35枚でどうでしょうか」

「いいの？」

「はい、ユナさんが解体をして冒険者ギルドに売っていただければ、商業ギルドも助かります」

つまり、商業ギルドにもメリットがあるってことだね。

それなら、素直に厚意を受け取ることにする。

「それじゃ、この場所を、お願い」

「それでは、これから案内をさせていただきますね」

女性が席を立つ。

「あなたが案内をしてくれるの」

「はい、ご迷惑でしょうか」

「そんなことはないけど、わたしのためだけに受付のあなたが抜けるのはまずいんじゃないの」

「大丈夫です。代わりの者はいます。それ以前にわたしがあなたとの縁を切りたくありませんので」

「はい、ユナさんは新人冒険者の優良株です。あなたとコネを作りたがっている人は多くいると思いますよ。わたしもその一人です。遅くなりましたが、わたしはミレーヌといいます。どうぞ、よろしくお願いします」

「縁？」

ミレーヌさんに案内された場所は地図で確認したとおりの場所。

冒険者ギルドにも近い。

土地の広さも十分。

人通りが少ないのもいい。

「フィナの家からも近いんだよね」

「うん」

フィナが通える距離。

わたしはここに決める。

「ここにするよ」

受付嬢のミレーヌさんに言う。

「ありがとうございます。それではこちらの契約書にサインとギルドカードの転写をお願いします」

「転写？」

「はい、こちらにギルドカードを重ねるだけで大丈夫です。これが本人確認となります」

名前を書きギルドカードを転写して、一か月分の銀貨35枚を払う。

「それで、こちらの土地に家を建てるそうですが、商業ギルドでは大工工房の斡旋もできますがどうしますか」

「大丈夫です。家ならもうありますから」

「………？」

ミレーヌさんは首を傾（かし）げる。

クマボックスのこととクマハウスのことを説明するか一瞬悩み、黙っておくことにした。

「そうですか、なにかあれば商業ギルドにお越しになってください」

ミレーヌさんは頭を下げて帰っていく。

ミレーヌさんが帰ったのを確認して。

右見て、よし。

左見て、よし。

後ろも、よし。

前も、よし。

今、人通りがないのを確認する。

クマボックスからクマハウスを取り出す。

はい、一瞬でなにもない土地に家が建ちました。

フィナを連れて倉庫に向かう。

「それじゃ、フィナ、今日はタイガーウルフをお願い」

フィナにタイガーウルフの解体を任せ、わたしは宿屋に向かい、宿泊のキャンセルを言いに行く。

今日からクマハウスに住むことにする。

番外編　クマさん、クマを召喚する

わたしは本屋で魔法の使い方の本を購入してからの数日間、街の外で魔法の練習をしている。

魔物相手に魔法の練習をしているとレベルが上がっていく。徐々に、この世界の魔法にも慣れてきた。基本が現実世界のゲームと同じだったのがよかった。

クマボックスから飲み物を取り出し、休憩がてらステータス画面を見ると、気になるスキルが増えていることに気づいた。

クマの召喚獣……。

クマの召喚獣って、つまりクマを召喚できるってことだよね。内容はそれぞれのクマの手袋からクマを召喚できる。つまり、２頭ってこと？

とりあえず、やってみることにする。黒いクマの手袋に魔力を通して、クマを召喚するイメージを思い浮かべる。黒クマのパペットの口が大きく開くと、黒い物体が口から飛び出す。

わたしの目の前に大きな黒いまん丸の物体がある。

これがクマ？

黒い物体はモソモソと動きだし、くるっと回ると顔がこちらを向く。見ていたのは背中だったんだね。クマは周りを見回して立ち上がると、わたしのところに、ゆっくりと歩いて距離を縮めてくる。

なんか、怖いんだけど。

一歩下がると、クマも一歩、詰め寄る。

さらに下がろうとするとクマが「くぅ～ん」と小さく寂しそうに鳴く。

そんな声を出されたら下がれない。

クマはわたしに近づき、擦り寄ってくる。あたりまえだけど温かい。わたしがクマを撫でてあげると嬉しそうにする。毛並みが柔らかく、肌触りがとてもいい。高級毛皮のようだ。

「あなたがわたしの召喚獣？」

クマが「くぅ～ん」と鳴き、腰を下ろし、わたしに背中を向ける。

「もしかして、乗れってこと？」

すると、もう一度「くぅ～ん」と鳴く。わたし、馬にも乗ったことがないんだけど。でも、今後のことを考えると移動手段としては欲しいところだ。わたしは恐る恐る、クマの背中に跨る。クマはわたしが落ちないようにゆっくりと立ち上がってくれる。

「うわわわあ」

バランスを崩しそうになるが落ちない。

クマは首を回してわたしのほうを見て、動こうとしない。

「どうしたの？」

と聞いてから、理解する。

「ああ、どこに行けばいいのか分からないのか。とりあえず、適当に歩いて」

クマは「くぅ〜ん」と鳴くと歩きだす。

「おお」

なんか、いい感じ、思ったよりも揺れないし、高級ソファーに座っている感じだ。

「少し、走ってみて」

そうお願いをするとクマは走りだす。

速い、速い。

景色が変わっていく。速いのにバランスを崩すこともなく、落ちそうな感じもない。これってこの召喚獣の力かな。

ためしに体を左右に振ったり、立ったりしようと思うけど、なにかの力が働いているのか、クマに吸いつくような感覚がある。

力を抜いて寝そべっても落ちない。これって寝ながら移動ができる？

その検証は今度にして、最高速度の確認をする。

「速く、走ってみて」

お願いすると、さらに速度が上がる。バイクに乗ったことはないけど、それよりも速い気がする。平地を駆け抜け、山を登っていく。山でも疲れる様子を見せずにクマは軽快に駆け上っていく。

「止まって」

山の中腹まで来るとクマの首筋を撫でてあげる。クマはゆっくりと速度を落としていき止まった。

わたしはクマから降りて、背筋を伸ばす。

適当に走ったけど、ここはどこの辺りなのかな。マップを開いて確認をしようとした瞬間、クマがジャンプする。

「なに⁉」

先ほどまで、クマがいた場所に矢が突き刺さっている。

わたしは矢の向きから飛んできた方角を確認して、とっさに土の壁を作る。

狙われている？

探知スキルを使って相手の居場所を調べる。

矢の刺さっている角度から、方角を予測すると、ジッと動かない一つの反応がある。

土壁に小さな穴をあけて、矢が飛んできた方向を見る。

斜面になっているうえ、木々も立っているので矢を放った人影は見えない。

狙われたのはわたしじゃなくて、この子だよね。

クマを見る。もしかして、わたしも遠くから見ると、この子の子供に見えたりするのかな。

自分の着ぐるみの格好を見る。

「聞こえてますか！」

矢が放たれた方角に向けて声をかけてみる。

「わたしは冒険者、このクマはわたしのクマです。矢を放たないでもらえますか！」

あとは相手の反応を待つ。なければ、逃げるか、反撃の2択になる。

「本当に冒険者なのか。そのクマは安全なのか」

相手から答えが返ってくる。

「そっちが攻撃してこなければなにもしないです。もし、攻撃をしてくるようだったら、こちらも攻撃させてもらいます」

「…………」

短い沈黙が流れる。

「分かった。攻撃はしない」

木の隙間から弓矢を持った男が姿を見せる。ゲームに出てくる狩人のような格好をしている。

「本当にそのクマはおまえさんのクマなのか」

「そうだよ。だから、攻撃はしないでよ」

それを証明するためにクマを撫でる。

「こんなに人間に従うクマは初めて見た。いきなり矢を放って悪かったな。大きなクマが現れて驚いたんだ」

「分かってくれればいいけど。わたしもいるんだから気づくでしょう」

「すまない。そんな格好をしているから、遠くから見たら子グマに見えたんだ。でも、近くからだと子グマに見えないな。嬢ちゃんはどっから来たんだ。まさか、クマと一緒にこの森に住んでいるわけじゃないよな」

「クリモニアの街に住んでいるよ」

「クリモニアの街って、随分遠くから来たんだな。街では、そんな格好が流行っているのか？」

　こんな格好が流行っていたらイヤだよ。

「それで嬢ちゃんは、なんでこんなところにいたんだ。ここは危険だぞ」

「この子に乗って散歩をしていたんだけど。ここ危険なの？」

「散歩って、そんな変な格好して」

　変な格好は余計だ。好きでこんな格好をしているわけじゃない。

「ここはヌシがいるから危険なんだ」

「ヌシ？」

「大きな猪だ。俺があんたのクマに矢を放ったのも、最初はそのヌシかと思ったためだ」

「間違えるって、その猪、そんなに大きいの」

うちのクマもかなり大きい。なのに、そのクマと同じぐらい大きいって。

「ああ、そのクマぐらいはある。村の畑を食い荒らし、森に入った人間まで襲う。だから、ここにいるのは危険だ」

そんな化け物みたいな大きさの猪がいるんだ。

「分かった。それじゃ、帰るよ。この子のこと信用してくれてありがとうね」

クマに乗って帰ろうとする。この子の速さなら夜までには街に帰れるはずだ。

「すまない。ちょっと待ってくれ」

「うん？　なに？」

「嬢ちゃんは魔法を使えるのか？」

土魔法で作った壁を見ながら聞いてくる。

「使えるけど」

「その壁はどのぐらいの強度があるんだ？」

「ゴブリンやオークぐらいの攻撃なら防げるかな」

まだ、そのぐらいの魔物にしか使ったことがないから、どのくらいの強度があるかは分からない。

「オークの攻撃を防げるのか!?　嬢ちゃんに頼みがある。村の畑の周りに壁を作ってもらえないか。もちろん、できうる限りの礼はするが、あまり期待しないでもらえると助かる。俺が非常識な頼みをしているのは分かっている。でも、このままだとヌシに村の食糧が全て食べ尽くされてしまうんだ。頼む」

男は頭を下げる。

面倒ごとはお断りなんだけど。でも、今度来たときに、村が滅んでいたら後味が悪い。

だから、渋々ながら了承する。

「いいけど、そのヌシから守れるか分からないよ」

猪の突進は日本でも危険とされている。

威力も強いし危険だ。それが、このクマぐらいの大きさがあるというのだから、威力がどのくらいになるのか想像もできない。それを絶対に防げるとは確約できない。

「ああ、もちろんだ。俺はブランダ、この近くの村に住んでいる」

「わたしはユナ。冒険者だよ」

お互いに自己紹介をして村に向かうことになった。

村はわたしが来た方向とは反対側にあるそうだ。わたしはクマに乗り、ブランダさんの案内で村に向かう。その間に、お礼は村で育てている野菜を数日分もらうことになった。

山を進み、下りていくと、村が見えてくる。村の入り口近くに来ると、男がこちらに槍を向けて立っていた。

「ブ、ブランダ、その後ろにいるのはなんだ！」

男が叫ぶ。

「大丈夫だ。だから、武器を下ろしてくれ。このクマの格好をしているのは冒険者のユナだ。そのクマも嬢ちゃんのクマだから危害を加えなければ危険はない」

「本当なのか？」

疑いの目をクマに向ける。

「間違っても攻撃はするなよ。それでなくてもヌシ相手に困っているんだからな」

「分かった。でも、俺の一存で、どうこうできることじゃない。村長を呼んでくるから、ここで待っててくれ」

男はブランダさんにそう言うと村の中へ駆けだす。

「すまないな。ヌシのせいでみんな、気が立っているんだ」

それは仕方ない。怪しい格好をしたわたしと、世間一般的に凶暴なクマが一緒にいるんだから。

しばらくすると、先ほどの男性と老人がやってくる。

「ブランダ。村の状況を分かっているのか？」

「分かっているから、頼んで来てもらったんだ」

「どういうことだ」

「この嬢ちゃんは土魔法が使える。それでヌシから守る壁を作ってもらおうと思って連れてきた」

「魔法で壁だと？　作ってもらえるのは助かるが、村には礼として出せる金はないぞ」

「新鮮な野菜、数日分でいいよ」

「それだけでいいのか？」

「いいよ。その代わりに美味しいところをお願いね」

野菜は採れたてが美味しい。それは万国共通だ。

クマボックスにしまっておけば、傷むこともない。

「それで、そのクマはおまえさんのクマなのか？」

男はクマを見ながら尋ねる。

「そうだけど」

証明するために、クマを抱き締める。

「確認するが、本当に人を襲ったりしないな」

「そっちが攻撃とかしない限りはね」

「分かった。それじゃ、改めて村に歓迎する。ボーグ、おまえは村の全員に嬢ちゃんのことを伝えてくれ。くれぐれもクマに刺激を与えないように言ってくれ」

村の入り口に立っていた男は再度、村の中へ走っていく。

「それじゃ、入ってくれ」

村の中に入ると中は酷い有り様だった。

壁に穴があいている家もあれば、崩壊している家もある。

「全て、ヌシのせいだ。家は建て直せばいいが、畑はそうはいかない。畑がなくなれば食べるものがなくなる。そうなれば村人は飢え死にするしかない」

そんなことを言われると野菜がもらいにくくなるんだけど。

「どうする？　畑だけでいいの？　なんなら村の周りに壁を作ろうか」

現状は木の柵で囲っているだけだ。見ると、ところどころ補強がされている。ヌシに壊されたところだろうか。

「それは助かるが、野菜以外の礼はできないぞ」

村の様子を見れば、村の野菜がお金よりも価値が高いのは分かる。

街に売りに行けば二束三文かもしれないけど。それ以上の価値はある。

「それだけで十分だよ。それじゃ、木の柵に合わせて作っちゃうから」

わたしは村の入り口に戻り、そこを始点として村を囲むように壁を作っていく。

「出入り口が他にも必要なら言ってね」

わたしのあとをついてきたブランダさんに言う。

「ああ、分かった」

わたしはクマに乗って、2mほどの高さの壁を作りながら村を一周する。

その間に珍しいのか村の住人が集まる集まる。壁を作るたびに小さな歓声が上がり、子供たちはクマのあとをついてくる。

「魔法って凄いんだな」

「村には魔法を使える人はいないの？」

「いるが、小さな火を出せる程度だ。こんなに凄い魔法は見たことも聞いたこともない。魔力は大丈夫なのか。辛かったら無理をしないでいいぞ」

ブランダさんも魔法には詳しくないのか、心配をしてくれる。

「大丈夫だよ」

「なら、いいが、疲れたら言ってくれ」

魔力による疲労もなく、壁が完成する。ブランダさんの指示により、出入り口を何か所か作る。

「ここからヌシが来たらどうするの？」

「大丈夫だ。ヌシは山の方向からやってくる。出入り口を作った方向からは来ない。一応、強度のある柵を作る予定だから、簡単には侵入できないはずだ」

壁が完成したので村長のところに向かい、壁ができ上がったことを伝える。

「そうか、ありがとう。大したおもてなしはできないが食事を作ったから食べてくれ」

時間的に日が沈みかけている。電気がない異世界では、日が沈めば仕事は終了となる。村長の家の中に通され、テーブルの前に座らされる。クマには可哀想だけど外で待ってもらうことにする。

椅子に座っていると奥のキッチンから女性が料理を運んでくる。

「マリ、どうして、おまえがここにいるんだ」

ブランダさんが、驚いたように女性に向かって叫ぶ。

「村長さんのお手伝いよ。それにあなたが連れてきたお客様でしょう。妻であるわたしがおもてなししないで誰がするのよ」

「でも、お腹、大丈夫なのか？」

ブランダさんが心配する理由は女性のお腹を見れば分かった。

彼女は妊娠していた。

「少しは動いているほうが体にはいいのよ」

「ならいいが。無理はするなよ」

マリと呼ばれた女性がわたしのところにやってくる。

「たいした料理はないけど食べてね」

「ありがとう」

出てきた料理はパンと、野菜を使ったスープとサラダがメインになる。

パンも自分たちで作っているのか、美味しく、スープの味が少し薄めだったのを除けば美味しかった。

「嬢ちゃん。マリとも相談したが、今日は俺の家に泊まってくれ。今から出発もできないだろう。遅くなったのは、俺が頼みごとをしたせいだからな。それに野菜も準備しないといけない」

うーん、この村の状況を考えると、無理に野菜をもらわなくてもいいんだけど。だから、帰ってもいいけど。外には夕日が見える。あと、一時間もしないうちに日が完全に落ちる。

わたしが悩んでいると。外が騒がしくなる。

「ヌシが出たぞ！」

村長の家にいる全員が椅子から立ち上がる。

「マリと村長はここにいてくれ。俺が行ってくる」

壁に立てかけてある弓を手にして、家を飛び出す。そのあとにわたしはついていく。

外に出ると、声がするほうに向かう。その後ろをクマがしっかりついてくる。

村人が集まっているところに到着すると、壁に物凄い音が響いていた。


ドン！


「嬢ちゃんが作ってくれた壁、凄いぞ。ヌシが体当たりしても壊れないぞ」

壁に梯子をかけて登っている男が歓声を上げる。

「それじゃ、村は安全なのね」

「嬢ちゃん、ありがとう！」

集まっていた村人は感謝の言葉をかけてくれる。

だが、その言葉は梯子に登っている男の言葉で悲鳴に変わる。

「ヌシが移動したぞ。あっちは――」

男が見る方向は村の入り口。

「家に入れ！」

「クソ、速い」

村人は駆けだす。

その中、ブランダさんが村の入り口に向かって走りだす。

わたしはため息をついて、あとを追いかける。

生まれてくる子供のことも考えて行動してほしいんだけど。

でも、入り口に向かっているのはブランダさんだけじゃない。武器を持って数人の男たちも走っている。

「入ってくる場所は分かるんだ！　入ってきた瞬間に一斉攻撃するぞ！」

「おお！」

入り口に来ると男たちは武器を構えている。

入り口にヌシが姿を見せる。大きい、わたしのクマぐらいの大きさがある。弓を構えている男衆が矢を放つ。しかし、ヌシの肉体に全て弾かれ、突き刺さる矢は一本もない。

ヌシは地面を蹴り、駆けだす。槍を突き出す者もいるが当たらない。

ヌシはまっすぐにわたしのところに走ってくる。ヌシに向けて魔法を放とうした瞬間、クマが前に立ち塞がり、ヌシの突進を受け止めた。

「クマ！」

クマはがっしりとヌシを捕まえて押さえこんでいた。ヌシは後ろ脚に力を込めて、クマを押し込もうとする。でも、クマもしっかり地面に踏ん張り、ヌシは一歩も進むことができない。

「横に倒して！」

クマはわたしの指示に鳴いて答えると、力を込める。ヌシの前脚が上がり、ヌシは暴れだす。

ドスンと大きな音を立てて、ヌシが横たわる。

それと同時にわたしは魔法を発動させる。

右手の黒いクマのパペットに水が集まる。パペットを翳(かざ)し、ヌシに向けて水の魔法を放つ。水の塊はヌシの顔を包み込む。

ヌシは息ができずに苦しみ始め、暴れだす。

「クマ！　逃がさないで！」

ヌシを押さえこむクマの力が強まる。

それでも、ヌシは体を動かし、逃げ出そうとする。でも、息はできず、体は横に倒され、クマに上から押さえこまれ、逃げ出すことはできない。

次第にヌシの暴れる力が弱まってくる。最後には動かなくなった。

「…………」

「…………」

村の中に静かな沈黙が流れる。

「クマ、ありがとう」

わたしがそう言うと、クマは小さく「くぅ〜ん」と鳴いて、ヌシから離れる。

「死んだのか？」

小さい声で、誰かが問う。

「本当に……」

ブランダさんが村人の一人から槍を受け取り、ヌシに突き立てる。ヌシに反応はない。

「死んでいる」

その言葉で村が歓喜に包まれる。

「嬢ちゃん。ありがとう！」

「ありがとう」

村人から、感謝の雨が降ってくる。

「本当にいいのか？」

ヌシは村に提供することにした。

「こいつに食べ物を食われて、困っていたんでしょう。食料にするのも、売るのも自由にしていいよ」

「でも、わしらは嬢ちゃんに、なにもお礼をしていない。嬢ちゃんには壁を作ってもらい、ヌシまで倒してもらった。さらに、ヌシまでもらうことは」

村長の言葉に村人は頷く。

「妊婦さんもいるんだから、生まれてくる赤ちゃんのことを考えたら、栄養のある食べ物をバランスよく食べさせないとだめだよ。見た感じ、みんなちゃんと食べていないんでしょう」

食糧を大事にしているのか、みんな痩せ細っている。

「お礼なら、また来るからそのときにでもしてくれればいいよ」

「感謝する」

村長は頭を下げる。

今夜はブランダさんの家に泊めてもらい、翌朝、出発することになった。

翌朝、村の入り口には村人が集まってくる。

気恥ずかしい。

「それじゃ、いつでも来ておくれ。村はいつでも嬢ちゃんを歓迎する」

「嬢ちゃんありがとうな。なにかあったときは言ってくれ。俺は今回の恩は絶対に忘れない」

「ユナちゃん、ありがとうね」

村長、ブランダさん、マリさんがお礼を言ってくれる。

「マリさん、元気な赤ちゃんを産んでくださいね」

「そのときは、会いに来てね」

わたしはクマの背に乗り、クリモニアに向けて出発する。

うん、このクマ、速くていいね。移動手段としては便利だ。クマの背中を撫でる。

そういえば、クマってもう一人いるんだっけ。

村の近くにある山を越えたところで、休憩がてら白い手袋に魔力を集め、もう一人のクマを召喚する。

白いクマさんパペットから、大きい白いものが飛び出す。

こっちのクマは白クマなんだね。

白クマは背中を向けたまま、動こうとしない。

「どうしたの？」

呼びかけるが、反応がない。

白クマの正面に回り込む。白クマは小さく「くぅ～ん」と鳴いて、下を向く。

もしかして、いじけている？

これで、地面に「の」字を書き始めたら、完璧だ。そんな冗談を言っている場合じゃない。わたしが黒いクマだけを召喚して、こっちの白い子を召喚しなかったから、完全にいじけているんだ。

可愛いけど。

「ごめんね。別に召喚しなかったわけじゃないよ。忘れていた……」

〝忘れていた〟と言った瞬間、白クマは背中を向ける。

「いや、本当に忘れていたわけでもなくて……ほら、わたし、一人しかいないでしょう。どうやっても片方にしか乗れないの。だから、帰りはあなたにお願いするから」

白い背中を撫でてお願いをする。すると、顔を上げてわたしのほうを見てくれる。

「お願いできる？」

白クマは「くぅ〜ん」と鳴き、立ち上がってくれる。

どうやら、許してくれるようだ。

わたしは白クマに乗ってクリモニアに戻った。

その間に2人の名前を考える。

黒クマをくまゆる、白クマをくまきゅうと名付けた。

ノベルス版1巻 書店特典① クマとの遭遇 ヘレン編

本日も冒険者ギルドは冒険者たちで溢れている。今日も一日、受付でむさ苦しい男たちの対応だ。女性冒険者もいるけど、男性のほうが圧倒的に多い。

受付に座っていると、冒険者が依頼書を持ってやってくる。ギルドカードの提出を指示して、依頼書の確認をし、水晶板を操作する。

「はい、それでは頑張ってくださいね」

笑顔で冒険者を送り出す。笑顔で送り出すのも受付の大事な仕事だ。冒険者の仕事は大なり小なり危険をともなう。送り出して戻ってこなかった冒険者を何人も見ている。

「はい、こちらの依頼ですね」

新しく出された依頼書の処理をする。そして、冒険者を送り出す。それを何度も繰り返す。

ギルドの中の冒険者の数が減っていく。それでも、冒険者はまだ残っている。

そんなとき、入り口から変な格好をした女の子が入ってきた。

年は12、13歳のクマの格好をした女の子だ。

可愛い。

初めて見る服だけど、なに、あの可愛い服。可愛い女の子が着るから似合う。わたしが着ても絶対に似合わない。

クマの格好をした女の子はキョロキョロ周りを見ながら、わたしのところにやってくる。

「冒険者登録をしたいんだけど」

冒険者ギルドに登録するの？　確かに加入は13歳からできるけど。一人で加入する者は少ない。

一応確認のために女の子に聞いてみる。

「あ、はい、冒険者ギルドに加入ですね」

「身分証になるって聞いたんだけど」

身分証のためにもらいに来たのね。

それなら、話は分かる。

「はい、冒険者ギルドカードは身分証として使えます」

「それじゃ、お願いしてもいいかな」

わたしがギルドの手続きをしようとしたとき、女の子の後ろに冒険者が近づく。冒険者Dランクのデボラネだ。性格は悪いけど実力はある。

「おいおい、こんな変な格好した小娘が冒険だと。冒険者も舐められたもんだな。おまえみたいな小娘がいるから冒険者の質が落ちるんだよ」

デボラネが女の子に難癖をつけ始める。わたしが止めようと思った瞬間、女の子がデボラネに向かって話しかけてしまった。

2人は言い争いを始める。

女の子の強気の態度はどこから出てくるの。

デボラネの顔は怖く、初めて見る者なら避けて通る。

「受付のお姉さん、この人がこんなこと言っているけどそうなの」

クマの格好をした女の子に尋ねられたので、冒険者ギルドの規定を説明する。

年齢が13歳以上であること。

一年以内にEランクに上がらなければならないこと。Eランクとは、ゴブリンやウルフなどの下級魔物を討伐できることを示す。

それができないようだったら冒険者ギルドカードは剝奪(はくだつ)される。

わたしが説明すると女の子はとんでもないことを言う。

「なら、問題はないかな。ウルフなら倒せるから」

驚いた。ウルフを倒せるって。新人冒険者の試練となるのがウルフやゴブリンの下級魔物の討伐だ。倒せなくて冒険者になれない者も少なからずいる。

「ぎゃははは、嘘(うそ)をつくんじゃねえよ。おまえみたいな小娘がウルフを倒せるわけないだろう」

わたしもこんな小さな女の子がウルフを倒せるとは思えない。

「この人のランクは？」

尋ねられたので答える。

「Dランクのデボラネさんです」

「後ろで野次を飛ばしている人や、笑っている人も？」

「みなさん、D、Eランクの方々になります」

「フッ、この冒険者ギルド、質が低いね。この程度の冒険者がDランクとか」

クマの格好をした女の子はとんでもないことを言い始めた。

その言葉に冒険者たちは怒り出す。

もう、止めることはできない。

ああ、お願いだから、これ以上デボラネを怒らせないで。

冒険者同士のいざこざにギルドは基本、中立。でも、クマの女の子はまだ冒険者ではないから助けないといけない。でも、デボラネが怖くて言葉を出すことができない。

「ここで試合できるところある？」

クマの女の子はデボラネと戦うと言いだした。

無理だ。勝てない。小さな女の子が勝てる相手じゃない。

わたしは止めようとしたが、止めることもできずに、2人は試合をすることになった。

そのときに女の子は、デボラネたちにとんでもないことを約束をさせた。

「それじゃ、あなたたちが勝ったら、わたしは冒険者を諦めてここを立ち去る。あなたたちが負けたら、あなたたちが冒険者を辞めて立ち去るってことでいい？」

その約束をデボラネは受けた。

ああ、どうして、そんなことを言うの。

ギルドカードの発行なら、デボラネがいないときに、また来ればいいだけなのに。

止められなかったことを後悔する。

でも、その後悔はすぐにまったく逆の結果に終わった。

なにが起きたのか分からなかった。

戦いになったら、一方的だった。女の子の動きは速く、デボラネの攻撃は当たらない。

女の子のナイフがデボラネの首筋に当てられる。

「受付のお姉さん、今の勝負はわたしの勝ちでしょう」

「ふざけるな、まだ、勝負はついていない」

どう見てもクマの女の子の勝ちだ。でも、デボラネがこちらを睨み付ける。その顔を見るとデボラネの負けと声に出して言うことができなかった。そのせいで、試合が再開されてしまった。

女の子は素早い動きでデボラネの攻撃を躱し、攻撃を仕掛ける。女の子の攻撃がデボラネに当たる。最終的にはデボラネの顔が腫れ上がるまで殴り続けた。デボラネは最後まで対抗しようとしたが、動かなくなるまで殴られ続け、最後には指一本動かなくなった。

女の子はわたしのところに来ると、デボラネと周りにいる冒険者のギルド登録抹消手続きをお願いしてくる。そんなことできるわけがない。

でも、試合が始まるときデボラネが負けたらギルドを辞めることに賛同していたのも確かだ。

女の子の言葉に、周りにいた冒険者が怒りだした。しかも、その場の冒険者全員対女の子一人。危険です。どうして、こんなことに。

わたしが止めようと思ったときには遅く、試合は始まった。

一人の女の子を複数の冒険者で囲み、笑みを浮かべている者もいる。

そんななか、女の子が動きだす。その瞬間、人が数メートル飛ぶ。次に人がコロコロと地面を転がる。人の体が、くの字に曲がる。女の子は囲いから脱出すると、そのまま走りだす。速い、冒険者の横に回り込むと、冒険者たちはなにもできずにパンチを食らう。そのたびに重い防具を着けている冒険者たちが数メートル飛んだり、転がったりする。あり得ない光景だった。

最後にはクマの格好をした女の子一人しか立っていなかった。

こんなに強く、可愛い新人の冒険者は初めてだ。

これが可愛いクマさんとの出会いだった。

ノベルス版1巻 書店特典② クマとの遭遇 ルリーナ編

デボラネが怪我をしたと冒険者ギルドから連絡が入った。

今日は明日の仕事に備えて休日だった。

仕事内容はゴブリンの群れの討伐。

前衛3人、後衛一人のわたしたちのパーティー。前衛の中央は性格には難があるが実力はあるデボラネ。前衛左にはデボラネを慕っているランズ。前衛右は無口のギル。後衛は魔法使いのわたし。そんな前衛の中心のデボラネが怪我をした。

急いで冒険者ギルドに向かうと、意識を失ったデボラネがベッドに寝かされていた。顔が腫(は)れあがっている。

「誰がデボラネさんにこんなことをしたんだ」

ランズが近くにいるギルドマスターを問い詰める。

やったのは新人の小さな女の子らしい。なんでも、デボラネがギルド登録にやってきた新人の女の子に喧嘩を売ったらしい。

小さな女の子に喧嘩を売るって、なにをやっているのよあいつは。

その女の子はクマの格好をしていたそうだ。クマ？　いまいち想像ができない。ギルドマスターが言うには可愛らしい女の子だったらしい。その小さい女の子はデボラネの喧嘩を買って、返り討ちにして、複数の冒険者相手に圧勝したそうだ。

どんな女の子なのよ。

翌日、パーティーメンバーと話し合った結果、デボラネ抜きでは安全に依頼を達成できないという結論に達した。ランズは汚点がつくから依頼をキャンセルするのは嫌だと言い続けたけど、わたしとギルが説得して今に至る。

3人で冒険者ギルドに来ると、ランズが走りだす。

「ランズ？」

あとを追いかけるとランズがクマの格好をした女の子に話しかけていた。

「おまえか、デボラネさんを倒した女は」

前にはクマの格好の女の子がいた。

本当にクマだよ。

デボラネ、あの小さなクマの女の子に負けたの？

ランズは怒っているけど、デボラが負けるところを想像すると笑えるんだけど。

わたしが心の中で笑っている間もランズはクマの女の子に怒っている。

ギルドマスターの話を聞く限りでは女の子は悪くない。逆に被害者だろう。だからギルドマスターも彼女を処罰していない。

「ランズやめなさい。ギルドマスターから説明があったでしょう。彼女は悪くないって」

でも、ランズの怒りは収まらない。どうしてあんなデボラネを好いているか謎ね。

わたしたちがギルド内で騒いでいると、ギルドマスターがやってくる。

そして、妥協案を提示した。

「このユナを連れていけばいいだろう。デボラネよりも強いことは判明しているんだから」

クマの女の子の名前はユナというらしい。

だけど、このクマの女の子をデボラネの代わりにするの？

確かに噂どおりに女の子が強いなら問題はないけど、クマの女の子は嫌がっている。

でも、確かにいい案かもしれない。女の子に実力があれば依頼は失敗にならずに済むし、依頼料も入ってくる。

ランズに任せると話が進まなくなるので、わたしが2人の間に入って話をすることにする。

まずは自己紹介、それから依頼内容、デボラネがいないことで依頼達成が難しいこと。

ひと通り説明すると、クマの格好の女の子はとんでもないことを言いだした。

「依頼はわたし一人に任せること。依頼成功はそちらの達成にしてもらっていい。依頼料も全部あげる。だから、デボラネが二度とわたしに関わらないようにしてほしい」

デボラネの件はいいけど、女の子を一人でゴブリン討伐に行かせるわけにはいかない。しかもゴブリン50匹だ。一人じゃ危険だ。

戦いにはいろいろな危険が伴う。周囲の確認に攻撃のタイミング、それを補うのがパーティーメンバーだ。

わたしとランズが反対すると、ユナちゃんが一緒に行く相手として、わたしを指名をしてきた。その理由が「常識的だから」。その言葉で嬉しくなるわたしがいる。

わたしはデボラネを倒したユナちゃんの実力も知りたかったし、その条件を飲むことにした。

常識ってなんだろう。

歩いて3時間かかる場所に、お姫様抱っこをされて30分で到着してしまった。

ユナちゃんの話では身体強化の魔法だという。魔力で体を強化しているとのことだ。こんなことができるならデボラネなんて楽に倒せるね。

村に行き村長に会って、ゴブリンの居場所を聞いて出発する。

本当にユナちゃんは何者なの？

魔物の位置を把握できる魔法って。

ユナちゃんは一人で、途中で出会うゴブリンを伸(の)しながらどんどん迷わずに進んでいく。

本当にわたしいらないかも。やっていることは魔石の剝(は)ぎ取りと死骸(しがい)処理だけだ。

ユナちゃんの歩みが止まる。この先の洞窟にゴブリンの巣があるそうだ。

ユナちゃんは洞窟の周りにいるゴブリンを倒すと、洞窟に向かって炎を投げ込んで、入り口を塞ぐ。曰く、窒息死させるそうだ。

しばらく、ゴブリンの巣の前で休憩することになった。こんなところで休憩するなんて、常識的にあり得ないんだけど。

しばらくしてユナちゃんが首を傾げる。

「どうしたの」

「一匹だけ生き残ってる」

わたしの脳裏にゴブリンキングという言葉が浮かぶ。そう伝えると、ユナちゃんは入り口を塞いでいた岩をどかす。

洞窟から普通のゴブリンよりも大きい禍々しい剣を握っているゴブリンが現れた。あれは間違いなくゴブリンキングだ。

ユナちゃんは一人で立ち向かい、戦い始める。ユナちゃんが優勢で進んでいる。地面に魔法で穴を掘って、ゴブリンキングを落として、穴の上から魔法攻撃を行う。

それでいいのかなと思うけど、あんな化け物と真っ正面から戦う必要はない。

ユナちゃんの攻撃が終わり、地面が盛り上がると、怒り狂った顔をしたゴブリンキングが倒れていた。

「本当に死んでいるんだよね？」

わたしが尋ねるとユナちゃんは頷く。

わたしは安堵したが、それからが地獄だった。

洞窟内にあるゴブリンの魔石の剝ぎ取りだ。ユナちゃんに頼んだら断られた。

確かに、魔石の剝ぎ取りはわたしの仕事だけど。

ユナちゃんからクマの形をした光を借りて、一人洞窟に入った。

中に入るとユナちゃんの言うとおり、多くのゴブリンが倒れていた。

これ、本当にわたし一人で魔石の剝ぎ取りするの？

一人寂しく、クマの形をした光に照らされながら、魔石の剝ぎ取りを行った。

剝ぎ取りが終わったわたしが腰を擦りながら洞窟を出ると、四角い土の壁があった。

誰が作ったかなんて考えるまでもない。ユナちゃんしかいない。壁に頭ほどの大きさの穴があいていたので、中を覗くと、ユナちゃんが寝ていた。

人が苦労して剝ぎ取りをしているのに、寝ているなんて。

「ユナちゃん！　ユナちゃん！　起きてよ」

入り口がなかったので小さな穴から叫ぶ。

「ルリーナさん、うるさい」

ユナちゃんが起きてくれる。

魔石の剝ぎ取りが終わったことを伝えると、その日のうちにクリモニアに帰ることになった。

もちろん、帰りもお姫様抱っこだ。クリモニアの近くに行ったら降ろしてってお願いしたけど、聞き入れてくれず、門兵の人に変な目で見られたよ。

それがクマの格好をした女の子、ユナちゃんとの出会いだった。

ノベルス版1巻　書店特典③　クマとの遭遇　エレナ編

わたしの仕事はテーブルや床の掃除に洗濯、宿泊しているお客様のチェックインの確認。全てが終わり、忙しくなる前のひと時、しばらくすると夕食の時間帯になる。お父さんもお母さんも、その仕込みで大忙しだ。わたしがカウンター席で休んでいるとドアが開き、黒い格好をした女の子が入ってきた。

クマ？

入ってきたのは可愛（かわい）いクマの格好をした女の子だった。

「い、いらっしゃいませ？」

思考を回復させて、クマの女の子を見る。

女の子はわたしのところに来ると泊まりたいと言った。うちは宿屋だから、もちろん泊まれる。でも、女の子以外、誰も入ってこない。女の子一人だけど、家族はいないのかな？

「はい、大丈夫です」

この子、家族はどうしているんだろう。

こんな、可愛い女の子を一人にするなんて。

そんなことを思いつつ、わたしが宿屋の料金、食事の説明をすると、食事つきで10泊分頼まれた。

お風呂の説明をすると女の子は喜ぶ。

普通の宿屋なら風呂はある。そんなことも知らないとなると、宿屋に泊まるの初めてなのかな。

ちゃんとお金持っているのかな。でも、女の子が着ているクマの服、高級そうな毛皮だよね。

今までいろんなお客様を見てきたけど、こんなに想像ができないお客様は初めてだ。

とりあえず、どこかの令嬢様の可能性もあるので、失礼がないように対応する。

ひと通り説明を聞いた女の子は10日分の代金を払ってくれる。

そのときに少女の手に気づく。手にはクマの可愛い手袋がはめられていた。

あまりの可愛さにお金を受け取る瞬間にクマをにぎにぎしてしまった。

「わぁ、すみません。可愛かったので。食事つきで10日分ですね。食事はすぐにご用意しますので席に座って待っててください。ああ、わたしは、この宿の娘のエレナっていいます。よろしくお願いします」

「ユナよ。しばらくよろしくね」

名前はユナさんというらしい。どうやら、怒っていないようだ。よかった。

両親にお嬢様っぽい女の子が泊まることを伝えると、本当かと聞かれた。

そんなことを言われても分からない。ただ、着ているクマの毛皮が高級そうに見えたことと、一括で10日分の宿代を払ってくれたことを伝えた。

両親は少し悩んだ末、店にある食材で美味しい夕飯を作り始めた。

ユナさんはその料理に喜んでいたのでホッとする。


食事が終わると部屋に案内をする。

少し小さめだが、一人なら十分な広さだ。文句を言われたら部屋を替えるつもりだったけど、ユナさんはお礼を言って部屋に入っていく。

しばらくすると、ユナさんは下に下りてきた。お風呂に入りたいと言う。使い方を教えますかと尋ねたらお願いと言われた。

やっぱり宿屋のお風呂は初めてみたいだ。

ひと通りの説明をするなかで、魔石からお湯が出るのを不思議そうに見ていたのが印象的だった。これは一般的な常識なのに、それも知らないなんてあり得るのかな？

少し心配になったが、ユナさんは風呂からあがるとお礼を言って部屋に戻っていく。

お礼もちゃんと言えるし、礼儀もしっかりしている。教育をしっかり受けている。

やっぱり、いいところのお嬢様かな？

翌日、ユナさんは朝早く起きて、朝食を美味しそうに食べてくれる。

この女の子、本当に何者なんだろうと思っていると、冒険者ギルドの場所を聞かれた。

「なにをしに行くんですか？」

気になったので尋ねてみた。

「とりあえず、冒険者になろうと思ってね」

冒険者！　こんな小さな女の子が？

確かに冒険者は13歳からなれるけど、大概は年上の知り合いが一緒の場合が多い。兄弟、姉妹、親、友人とさまざまだが、一人で冒険者になる者は少ない。そういう人は生活に困った孤児ぐらいだ。

でも、このユナさんは孤児にも生活が困っているようにも見えない。

もしかして、どこかの貴族の娘で、家出とか！

「えーと、知り合いに冒険者でもいるのでしょうか？」

遠回しに聞いてみる。

知り合いがいればいいけど、いなければ小さな女の子が一人でやっていけるほど冒険者は甘くない。わたしは小さいときから、新人の冒険者を見ている。

朝、笑顔で送り出した冒険者が荷物を宿に置いたまま帰ってこなかったことも何度もある。時には大怪我をして戻ってくる者もいる。そんな冒険者にこんな小さな女の子がなろうとしている。

「いないけど。もしかして、誰かの紹介がないと冒険者になれない？」

「いえ、そんなことはありませんけど」

わたしの言葉にユナさんは安堵する。

知り合いの冒険者もいない。止めようかと悩んでいると、ユナさんはお礼を言って宿を出ていってしまった。心配だけど、わたしも宿屋の仕事がある。


うちの宿屋は、食事場所として提供しているので昼時になると忙しくなる。それまでは冒険者ギルドに行ったクマの女の子のことを心配していたけど、食事時の忙しさに忘れていたら、『クマ』って単語が聞こえた。その言葉にわたしは反応してしまい、耳を傾けた。

「クマの格好をした女の子が冒険者を伸したって聞いたが本当か」

「ああ、本当だ。流石に心配だったから見に行ったからな。凄かったぞ。あのDランクのデボラネが手も足も出ずに一方的にやられたんだからな」

「本当か！　ああ、俺も見たかった」

「その後の複数人対クマの戦いも凄かったぞ。人が飛ぶんだからな」

「それ盛っているだろ」

ギルド職員の笑い声が聞こえてくる。

クマの女の子ってユナさんのことだよね。

Dランクの冒険者を倒すって、ユナさんって何者なの。

　そんなわたしの当惑をよそに、ユナさんがお昼を食べに戻ってきた。

　話を聞きたかったけど、店が忙しかったので聞けなかった。うーん、夜に時間があれば聞いてみたいな。


　数日後の昼時。いつもどおりに忙しいなか、また『クマ』って単語が聞こえてきた。


「おい、クマの話を聞いたか」

「いや、聞いてないが」

「それが、一人でゴブリン１００匹を討伐してゴブリンキングまで倒したそうだぞ」

「おまえ、嘘をつくなら、もっともらしい嘘をつけよ」

「いや、本当だって」


　ゴブリン１００匹にゴブリンキング。流石に騙される人はいないと思う。そんなの魔物に詳しくないわたしでも分かる。でも、その会話に別の男性が加わる。


「いや、その話は本当だぞ」

「本当か？」

「一緒にいたルリーナがゴブリンの魔石を１００個取り出したあと、クマがゴブリンキングを出すところを見た」

「マジかよ。でも、クマなら可能なのか？」

「クマだからな」

会話はクマの話で盛り上がり、食べ終わると、出ていってしまった。
もう少しクマさんの話を聞いていたかったけど仕方ありません。

さらに数日後。
クマさんがタイガーウルフを倒した話が聞こえてきました。
ユナさん。あなたは何者ですか！

シリーズ大好評!!

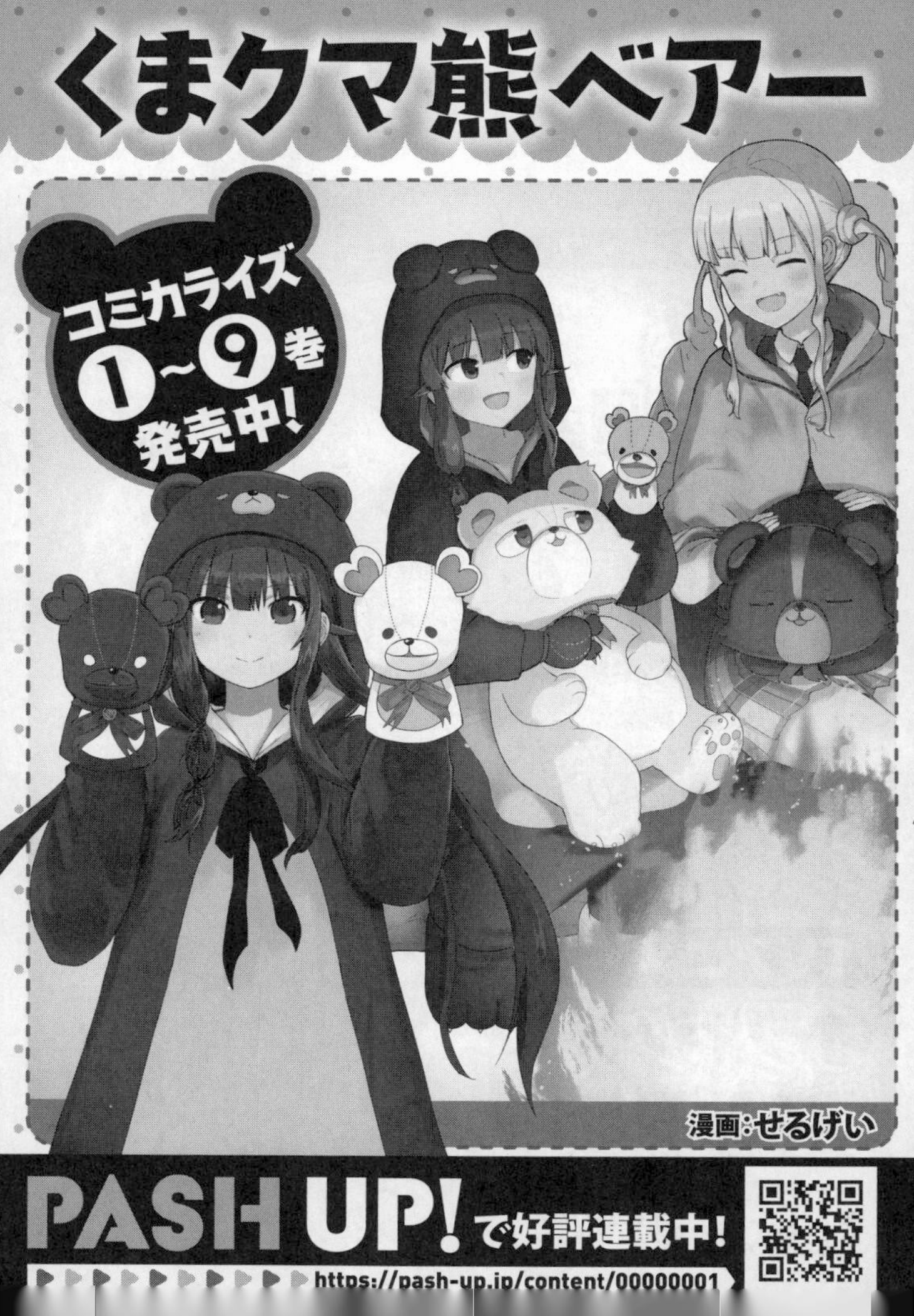

この本を読んでのご意見・ご感想・ファンレターをお待ちしております。
〒104-8357 東京都中央区京橋 3-5-7
(株)主婦と生活社 PASH! 文庫編集部
「くまなの先生」係

PASH!文庫

本書は2015年5月に当社より単行本として刊行されたものを文庫化したものです。

くまクマ熊ベアー 1

2023年2月13日 1刷発行

著　者　くまなの
イラスト　029
編集人　春名 衛
発行人　倉次辰男
発行所　株式会社主婦と生活社
〒104-8357 東京都中央区京橋 3-5-7
[TEL] 03-3563-5315(編集) 03-3563-5121(販売)
03-3563-5125(生産)
[ホームページ]https://www.shufu.co.jp
製版所　株式会社二葉企画
印刷所　大日本印刷株式会社
製本所　株式会社若林製本工場
フォーマットデザイン　ナルティス(原口恵理)
編　集　山口純平

 Printed in JAPAN ISBN 978-4-391-15919-6